Estudo sobre o fim

Realização:

Paula Fábrio

Estudo sobre o fim
Bangue-bangue à paulista

Copyright © 2022 Paula Fábrio
Estudo sobre o fim: bangue-bangue à paulista © Editora Reformatório

Editor
Marcelo Nocelli

Revisão
Natália Souza
Marcelo Nocelli

Imagem de capa
Adriana Moura

Design e editoração eletrônica
Negrito Produção Editorial

Dados Internacionais de Catalogação na Publicação (CIP)
Bibliotecária Juliana Farias Motta (CRB 7/5880)

Fábrio, Paula, 1970-
    Estudo sobre o fim: bangue-bangue à paulista / Paula Fábrio. –
São Paulo: Reformatório, 2022.
    136 p.: 14 x 21 cm

    ISBN 978-65-88091-44-9

    1. Ficção brasileira. I. Titulo: Estudo sobre o fim: bangue-bangue
à paulista.
F287e   CDD B869.3

Índice para catálogo sistemático:
1. Ficção brasileira

Todos os direitos desta edição reservados à:

EDITORA REFORMATÓRIO
www.reformatorio.com.br

"Essa justiça que vela meu sono, eu a repudio, humilhada por precisar dela."

CLARICE LISPECTOR

Aos meus mestres do ensino público

Vila Mariana ↔ Vila Prudente

1

A mulher acaba de sair do prédio. É professora. Tem certa idade. Não carrega nenhuma bolsa consigo, a não ser a dos olhos. Na rua, ainda há respingos d'água nos galhos das árvores e na fiação elétrica. Mesmo assim, a mulher leva o guarda-chuva aberto sobre a cabeça. O guarda-chuva a impede de cruzar o olhar com o do menino, e isso pode ser um lance de sorte para ambos. No entanto, ela lê os dizeres em sua camiseta: "Jesus tem planos para você".

2

Um minuto. Levou um minuto para o Costela descer a rua ainda molhada da chuva, sentar-se no degrau de cimento da calçada e fitar os próprios pés esparramados no chinelo de dedo: fingimento. Costela dá o sinal, conforme combinado. O minuto nem chegou ao meio, quando os outros dois moleques já haviam se escorado no muro do prédio, com as canelas geladas e as bermudas a deslizar sobre os quadris estreitos. Usavam um blusão de tactel desfiado, que não servia nem para apartar o vento. Capuz sumindo com o rosto. Todos os três, inclusive Costela, meio cinzentos – de sujeira, fome ou doença. Mas resistentes, ainda.

Com os chinelos úmidos escorregando do pé e os pelos das canelas arrepiados, os três enfiaram as mãos por baixo do portão de ferro da garagem e o forçaram para cima.

Houve um estrondo parecido com explosão, mas como choveu sem parar e as caixas de força estalaram pelas ruas do bairro durante a tarde inteira, ninguém ligou.

Um minuto é tempo.

Costela e os outros dois deslizaram pelo vão de meio metro e assim de carreira desceram a rampa do S2, preparados para não se assustar com nada, nem com as lâmpadas automáticas que se acenderam, nem com o rosto apavora-

Estudo sobre o fim 13

do do porteiro, que não estava lá. Tampouco ligaram para a sequência de câmeras no seu encalço. Se estivessem menos afobados, até poderiam levantar o dedo do meio ou mostrar a língua, mas não era o caso. Cataram três bikes.

Pedal zoado, correia enguiçada, que ninguém anda nessas bikes há tempos. Passaram feito fantasmas pelo vão, de volta para a rua. Costela, o primeiro da fila, pedalando a mais bonita, com cesto e adesivos. Entusiasmado, quase não acreditou que deu certo, deu certo! Atrás dele, o maior dos três, cabeça do grupo, Conexão, o único com medo real. Por último, Sócrates, desajeitado, empurrando a magrelinha ladeira acima. O Sócrates não sabia pedalar, mas só contou isso depois.

Um minuto completo. A vida vai mudar. Alguém sempre espera por isso.

Quando cruzaram o terminal de ônibus, fizeram a entrega. Costela até se despediu da bike, arrancando um adesivo do quadro, o da Mulher Maravilha – mulher, mas tudo bem, era da liga da justiça, maluco, e saiu intacto, feito ele. O Sócrates de língua de fora, com medo de apanhar. O Conexão, cabeça baixa como aprendeu na Fundação Casa, recebeu o dinheiro da Alemoa, que os despachou, vai, vai, rasga, seus perdido!

Vinte reais por bike, Alemoa paga sem engambelar, no cobre.

Passou-se meia hora e Alemoa se juntou a Magaiver, do outro lado da cidade. Magaiver era o dono da empresa. Cooperativa. "Tamo colaborando, pô!"

Desde quando se tornou empreendedor, Magaiver saiu com o slogan: "auxílio pra quem quer trabalhar". Magaiver foi pioneiro. Com o passar do tempo, outros entraram no ramo, como se a mesma ideia brotasse em cada canto do mundo, feito gato de sinal digital.

Encostada no azulejo escuro de uma garagem do tio do Magaiver na Vila Prudente, Alemoa gerencia a empresa. Muito trabalho, 24 por 7. O negócio vai bem, apesar de tanto B.O. Começo modesto, três celulares e duas bikes, mais a assinatura de internet. Aí o lance cresceu: dois meses e já tinham mais de dez bikes, não se sabe quantos celulares e bits de internet.

Alemoa gerencia pagamento, aplicativo, receptação, tudo, até dirige o furgãozinho repintado de branco; mas quem fala com o cliente é o Magaiver. Ele não perde venda. "Cliente não é cliente, é parceiro. Parceiro pega a bike com a gente, no nosso perfil no aplicativo, tá ligado? faz as entregas tudo, com o nosso celular, tá ligado? No fim da semana a gente paga comissão. Se preferir alugar, o pacote completo inclui apito em vez de buzina, óculos de sol esportivo, garrafa d'água e assinatura de música. O combo premium, mais cobiçado, tá ligado? dá direito à bike motorizada. Mas quem tem a própria bike também é só colar que a gente motoriza na hora. Gasolina e óleo, manutenção da correia e do raio, pra magrela não sair prum lado e a roda pro outro. Tem todo tipo de kit, kit motorzinho dois tempo, esse é bom, não é ruim não, eu tiro por mim, já rodei mês inteiro com ele e não deu manutenção. Pode pedalar dez, doze horas por dia que eu garanto."

O Magaiver já foi mais da função, agora começou a relaxar. Não quer expandir. Se ficar do tamanho que tá, já tá bom. Receptar, só de vez em quando, pra reposição. Duas

Estudo sobre o fim 15

magrelas por semana, porque o furto da frota também acontece. O rolê dos meninos é esse. Embaçado. De todos seus clientes, o mais arruinado é o Natan. Já perdeu duas bikes. Derrotou uma e a outra arrancaram dele no farol. O Natan é tão cabaço, que emprestou o celular pra namorada que tava com a mãe na Santa Casa e aí já era. A mais esperta é a Sol. Solange nasceu no fórceps, unhas compridas de silicone, dread na cabeça. Solange sempre passou o Magaiver no sovaco. Conversa aqui, conversa ali, pediu aumento de comissão. Magaiver, coração mole, acabou cedendo. E agora ela conseguiu a própria bike: comprou uma magrela condenada, seguiu tutorial na internet e de boas consertou a bike. Só falta o celular. O Natan mostrou pra ela o dele: tela trincada na diagonal, fone de ouvido sem funcionar; mas era a última chance que o Magaiver dava pra ele. Sol riu do Natan, mas depois silenciou, tinha pena e raiva ao mesmo tempo.

Mas as coisas oscilam.

Tem vez que o Magaiver é assim meio filantropo. No Natal, por exemplo, ele fica sentimental e distribui umas coxas de frango, essas coisas, inclusive pros parça. O que o Magaiver odeia é comunista. Na real, ele acha que a Sol é comunista. Porém, ele já se apaixonou por ela uma vez.

Agora, ele tá curado. Segundo ele mesmo.

Solange e Magaiver costumam discutir muito e ele diz que o problema é a taxa do aplicativo. Sol retruca que o problema é ele, Magaiver, e a sobretaxa desonesta cobrada dos parceiros. Quando a discussão chega nesse ponto, o Magaiver argumenta que em troca de que ele vai emprestar celular e bike e os dados dele para os outros? Ela que compre um celular, limpe o nome pra fazer crediário e essas paradas todas.

16 *Paula Fábrio*

Ele diz tudo isso, lançando perdigotos pra tudo que é lado: "Você precisa de ajuda até pra carregar o celular, no assentamento onde você mora nem tomada tem!".

Tempos atrás, no começo da parceria, a Solange chorou por conta desse método do Magaiver, de magoar as pessoas. Depois se resignou, como diz o pessoal de classe média. Solange já gostou de novelas, onde aprendeu esses termos, mas agora tá envolvida com outras paradas, uma delas é o funk e a outra é a evangélica. As duas coisas estão em conflito dentro dela. Uma hora Sol vai ter que escolher, ela acha. Mas a Solange queria mesmo era montar uma banda funk evangélica na igreja: o Pancadão do Senhor.

Já o Magaiver não cultiva sonhos tão abstratos. Ele costuma dizer: "na moral, eu quero casar e ter filhos, viver num sobradinho na Vila Mariana..." Aí um dos compade sempre o interrompe: "Véi, na Vila Mariana não tem mais casa não..." Nessa hora o Magaiver masca uma bala de merda e grita: "Cala a boca, retardado!"

Numa dessas conversas do Magaiver com um compade, ele puxou um assunto assim do nada, mas na verdade ele queria filosofar: Magaiver se recostou numa das pilastras da laje do tio e falou, enquanto enrolava um cigarro: "O cara morava lá na Vila Galvão, quando eu era um catatauzinho assim, tá ligado? O nome dele era Pontes. Isso me contaram. O Pontes era O Empresário, tá ligado? Ele se deu bem, mas depois se deu mal, por causa da ambição, compade. Por isso eu não quero expandir. Vou envelhecer numa casinha na Vila Mariana". E baixou a cabeça para apertar o cigarrinho.

Depois do primeiro trago, o Magaiver mudou o olhar, como se fosse engasgar, mas aquilo era só lembrança.

Estudo sobre o fim 17

"O problema do Pontes, eu vou te dizer qual o problema do Pontes. No meu lugar, hoje, nos tempos de hoje, o Pontes ia se meter com os donos dos aplicativos. A gringa toda. Como é que faz isso? Você sabe?" O compade até imaginava a fita, mas tinha receio de responder. Mais fácil baixar a cabeça e deixar o Magaiver crescer feito peru.

"Tem que chegar junto nos político, véi, ministério público, polícia federal, advogado, o escambau. Eu já pensei em fazer um lance desse, só pra impressionar a Sol. Ela ia gostar, eu garanto."

Magaiver passou o cigarrinho pro compade. Este deu um trago fundo, que fez mover as costelas por debaixo da camiseta. Em seguida, os dois riram muito e começaram a tossir – as duas coisas misturadas, tosse e riso, mas com uma pontada de tristeza.

Da laje onde estavam, para além da série de telhados remendados e das caixas d'água descobertas, dava para ver a construção bizarra do fura-fila: as enormes vigas de sustentação saindo do solo; o abrigo de alumínio azul em volta da estação; as passarelas de pedestres que lembravam tubos gigantescos de PVC, por onde vazava gente adoidado; de vez em quando, avistava-se a passagem de um articulado sobre o concreto, como uma taturana apressada.

Magaiver olhou o céu e lembrou do seu amigo, o Lusco--Fusco, que morreu durante um dos vários surtos de dengue no país, há cerca de dois anos. Nem sabe por que lembrou disso agora. Só sabe que de repente ficou melancólico.

3

Deitada sobre a laje do tio do Magaiver, tempos atrás, num dia de trégua entre os dois, Sol reproduziu a história do Pontes pro Magaiver.

"É seu parente?"

"Nada. Quem me contou foi a prof da ONG."

"Sua paga pau de subversivo!"

"Sai fora, Magaiver."

Solange foi logo se levantando, tirando o pó da bunda.

"Lá os professores são voluntários, sabe o que é isso? Gente que trabalha de graça, só pra ajudar quem precisa"

"E você por acaso é necessitada? Se quisesse, tinha mais..."

"Vai levar tapa na cara!"

Magaiver ri segurando o saco.

Solange prefere não olhar.

Magaiver se contém.

"Tá bom, vamos fazer as pazes. Olha só, professora de quê?"

"De biologia."

"Tá me tirando? Na aula de biologia vocês estudam carreira de marginal?"

Estudo sobre o fim 19

Solange fica em dúvida se sai andando ou dá uma resposta pra humilhar.

"Foi no intervalo."

Magaiver põe a mão no pau. Mas agora é só por hábito mesmo. A Solange acabou o Ensino Médio há mais de cinco anos. Mas ainda não sabe fazer conta nem escrever muito bem. Apesar disso, ela sempre se virou. Mas agora, com a evangélica, a coisa tomou outro rumo. Solange quer ler a Bíblia, ela própria, direito. Logo vai conseguir. Pois tudo começou a mudar quando ela viu o cartaz da Organização Amigos da Cultura e das Ciências colado num poste de luz perto do assentamento, lá em Itaquá. Faz seis meses que às terças e quintas-feiras à noite, ela desce a rampa da casa onde antes funcionou um centro espírita kardecista e agora abriga uma loja maçônica, próximo ao terminal de ônibus. A casa é grande, antiga e não tem nada de especial, a não ser o desenho do triângulo esquisito logo na entrada, além do mistério das portas sempre fechadas. Não que isso seja importante, pois ela nunca usou o interior da casa. Os homens da maçônica liberaram a edícula para o ensino de jovens e adultos nas noites em que não há reunião no salão principal. O curso não é oficial, mas funciona melhor que a escola pública – pelo menos é assim que a Solange pensa.

Tem ocasião, como naquele dia de trégua entre os dois, que a Solange releva o que o Magaiver diz, e lhe conta coisas que ouviu ou mesmo que se passaram com ela. Solange não sabe bem por que razão isso acontece. Talvez porque sinta vontade de agredir o Magaiver e esse seja um jeito de satisfazer esse desejo. Ou porque o Magaiver gosta de ouvir suas histórias, conquanto possa reclamar e fazer troça. Enquanto ele reclama e faz troça, ela percebe a importância daquilo que conta. Muitas vezes, ao contar uma história para o Magaiver, ao ouvir sua própria voz, Sol parece entender o real sentido daquilo que está narrando.

Dessa vez, há um fator adicional, de profundo interesse para Solange. Ao contar sobre o Pontes, ela quer experimentar a reação do Magaiver. O modo como alguém ouve uma história diz mais sobre si mesmo do que a história jamais pretendeu mostrar. E Solange tem consciência disso, embora não de modo tão explícito, nem exatamente com essas palavras.

Algumas semanas antes de compartilhar esse momento-brisa com o Magaiver na laje, Solange soube da história do Pontes pela professora, enquanto comiam o lanche preparado pelo pessoal da ONG, sentadas à mesa de plástico disposta no quintal da maçônica, durante o intervalo das aulas.

A Solange percebeu que a professora quis lhe contar algo a mais naquela história, mas não tem certeza disso. Tem vergonha de perguntar. Ao mesmo tempo, compreendeu que é algo que ela precisa descobrir sozinha. E talvez o Magaiver lhe sirva de cobaia, para a mesma experiência.

Enquanto essas ideias passam por sua cabeça, Solange fita a nova iluminação do entorno. Mais branca, sideral e segura. A quebrada vai mudar.

Estudo sobre o fim 21

Tambaú
Coqueirinho

1

Foi numa viagem de uber até a praia do Coqueirinho que eu soube da história do Pontes. Histórias como a do Pontes são histórias que homens gostam de contar para mulheres. E na maior parte das vezes, são histórias que dizem mais sobre quem as conta do que sobre as personagens em si. De algum modo, também estou falando de mim.

Não consigo me lembrar do nome do motorista que me levou de Tambaú, no centro de João Pessoa, até o pequeno município do Conde. Recordo-me apenas de que era um sudestino de meia-idade erradicado no Nordeste: acima do peso, cabelo grisalho repartido ao lado, a pele branca curtida pelo sol, a cara lisa, os dentes com manchas de cigarro – do qual, fez questão de mencionar, livrou-se quando decidiu mudar de cidade. Já o nome do Pontes – Aníbal –, jamais esqueci, embora quase nada eu saiba de sua aparência.

O que sei: o Pontes era um sujeito que começou como camelô no Viaduto Santa Ifigênia em São Paulo e terminou como um dos maiores empresários do coco na Paraíba. Ou quase isso. Segundo o motorista que me conduzia, o Pontes foi um dos piores bandidos da história do Brasil. E essa palavra, bandido, talvez seja uma das invenções humanas mais interessantes para explicar a vida em sociedade.

Estudo sobre o fim 25

2

Era terça-feira, meio da manhã. Na tela do aplicativo, dezenas de carrinhos zanzavam na palma da minha mão. Falta de passageiros. Excesso de motoristas. De sorte que não foi difícil conseguir uma viagem particular, com preço fechado, para ir e voltar a uma praia distante; para fazê-la, bastou um telefonema. Em poucos minutos, o motorista que me deixara o cartão no dia anterior, despontou na frente do hotel onde eu estava hospedada.

Na tarde anterior, eu havia comentado com esse mesmo motorista o motivo da minha estada na cidade: a participação em um seminário científico, onde me trancafiei por dois dias. O homem se desdobrou em gentilezas, para que eu pudesse desfrutar, da melhor forma possível, do meu diminuto tempo de folga.

Assim que estacionou, reparei: o carro estava limpo e perfumado; os vidros, abertos pela metade; os pneus, calibrados; as rodas, alinhadas; sem sacolejos e ruídos de molas. Notei que o homem havia se barbeado, tinha bom hálito e na fronte levava um frescor de quem dormira bem. Acrescente-se a isso, uma voz branda e confiável. No entanto, meu erro, meu possível erro foi ter me sentado ao seu lado, no banco da frente daquele Celta vermelho. No momento em que me

Estudo sobre o fim 27

recostei, já estava arrependida. E como todo arrependimento, um pouco tardio.

No minuto seguinte, percorri o painel. Observei o rádio desligado e tentei me iludir que aquilo era um bom sinal, mas não era.

Saímos.

3

Enquanto me despedia da orla que se me tornara familiar naqueles dias, e viajávamos rumo a uma paisagem nova, senti o homem a me estudar, com o canto do olho. Creio que eu fazia o mesmo, afinal sempre envolve certo risco, sobretudo para uma mulher, passar algumas horas sozinha com um estranho, longe de casa. Porém, até ali, tudo indicava que teríamos uma viagem silenciosa e contemplativa. Mas assim que engatamos na estrada, já distantes da área urbana, essa sensação mudou. A viagem continuou agradável, mas aquele silêncio soberano foi substituído por certa agitação. O motorista me mostrou, ainda com a voz calma, porém um tanto vibrante, os alicerces dos condomínios que seriam construídos e, em breve, cobririam a vista que se tinha da rodovia para o mar. Sua alegria com o crescimento do turismo de alto luxo na região era evidente. Porque no começo, ele me explicou, os primeiros a chegar foram uns hippies, que não fizeram nada pelas vilas por onde passaríamos; em seguida, ele continuou, vieram famílias em veraneio, e o comércio se expandiu, o que foi bom em sua opinião, mas depois começou a turbulência, nome que ele deu às turmas de turistas vindos do Sudeste – costumava-se chegar em grupos de vinte, trinta pessoas para se hospedar numa única

Estudo sobre o fim 29

casa, o que só contribuía, segundo ele, para a falta de água nas cidades, a sujeira nas praias e o trânsito nas estradas. Ao contar essa parte, o motorista deixou escapar certo desgosto e ajustou as duas partes do colarinho da sua polo branca. Porém, esse ar pesado logo se dissipou, pois em seguida ele se ajeitou no banco e esticou os braços como se segurasse um volante de Fórmula 1: agora, tudo isso que a senhora está vendo aqui vai mudar, vai chegar gente com dinheiro, como os artistas e empresários que já compraram as melhores residências destas praias. Os condomínios de cerca elétrica com vista para o mar estão valendo ouro.

Nessa hora, ele esperou que eu dissesse algo, mas eu não disse.

Aliás, ele me contou essas coisas como se fosse um segredo só nosso e ninguém mais o soubesse.

Eu poderia ter rido dessa sua infantilidade. Mas, como todas as histórias, essa história eram duas, na verdade: a que o motorista contava, e a outra, a que eu concluía no banco daquele Celta vermelho.

Apesar da velocidade do automóvel na estrada, o homem fazia questão de apontar, entre um muro branco e outro – sempre altíssimos –, para um pedaço de quadra de saibro, uma piscina particular de borda infinita, ou ainda, o vitrô fumê de um banheiro que ele ou um parente eventualmente viriam a consertar em algum momento no futuro.

O motorista era o homem mais contente da terra enquanto comentava que dali a poucos anos a vista da estrada seria outra, nada de mato, nada de pobreza, apenas aqueles muros altos bem amaciados, cujo interior guardava todo tipo de eletrônico que jamais sonhamos, além do porcelanato de primeira, pois tudo ali era feito com material finíssimo. Viria gente de todo lugar, São Paulo, Rio de Janeiro, Argentina, até do exterior, inclusive europeus e americanos, todos para desfrutar do nosso bem-bom, ele dizia. Quando terminava uma frase, o homem me olhava e voltava-se para a estrada. Eu mexia a cabeça, no sentido de parecer concordar.

No intervalo entre os condomínios, o motorista começou a me contar a história do Pontes, que vendia walkman na década de 80 em São Paulo. Aníbal, como o Pontes era conhecido naqueles primeiros tempos, distribuía os aparelhos trazidos do Paraguai sobre um pedaço de pano no Viaduto Santa Ifigênia, e lá passava o dia.

Não lembro como o motorista iniciou a história, se foi assim pelo começo mesmo ou se foi pelo fim – numa emboscada dentro da fazenda de coco do Pontes. Ou se o assunto começou pelo PT. Tinha a ver com corrupção, ou talvez ele quisesse apenas me contar que havia conhecido os homens mais importantes do país. Acho que o início de tudo foi um papo que ele puxou sobre o José Dirceu. Não me lembro, na verdade eu gostaria que ele tivesse ligado o rádio. Porém, o motorista acabou me envolvendo. Começou devagar, perguntando amenidades, depois foi introduzindo o assunto sobre o qual realmente gostaria de falar; a partir daí passou a usar um tom de voz mais alto que o necessário e seus gestos se alargaram. Ele me observava a cada instante, para verificar se eu prestava atenção no que dizia. Às vezes, perguntava o que eu achava desta ou daquela parte da história, levava-me para dentro do relato, indagando algo pessoal. E prometia: um dia ainda vou escrever um livro sobre a vida do Pontes.

Estudo sobre o fim 31

Segundo o motorista, o primeiro lote de muamba foi presente de um primo do Pontes que frequentava a Quadrangular e se compadeceu com o luto do parente, que acabava de perder a mãe num assalto. Veja bem, um assalto num ponto de ônibus lá na Vila Galvão. A senhorita conhece a Vila Galvão, em São Paulo, Guarulhos?

A mãe do Aníbal não era exatamente a pessoa que sofreu o assalto, mas calhou de passar pelo local na hora do ocorrido; num rompante, um punho vacilou e disparou a bala que atingiu o coração da mulher. O motorista me contou que essa parte ele soube da boca do próprio Aníbal: sua mãe caiu dura na mesma hora, isto é, em pleno *rush* das quatro da manhã, enquanto outras domésticas como ela subiam a avenida para pegar condução rumo ao centro.

O homem fez uma pausa para observar o impacto desse trecho no meu semblante. Ele tinha um sorriso meio infame no canto da boca, sorriso que insistiu em não sair dali, mesmo diante do meu silêncio.

A despeito da minha falta de emoção como ouvinte, prosseguiu animado.

No começo da carreira, o Aníbal se deu bem. O garoto tinha um ar confiável, atencioso, conhecia bem os produtos, e com esses atributos conseguiu manter o quarto alugado nos fundos de um terreno na Vila Galvão.

No meu íntimo, sem um motivo aparente, comecei a torcer pelo Aníbal, o Pontes.

Mas nessa hora o Celta vermelho passou por um quebra-molas e alguma coisa desviou a atenção do motorista para a lateral da estrada. Ele franziu a testa e apontou uma enorme extensão de mata que se via da minha janela:

32 *Paula Fábrio*

– Isso aqui já foi vendido, não vai ficar feio assim não. A senhora não se preocupe. Sorriu com alegria autêntica, ao mesmo tempo em que encheu o peito e o esvaziou com um suspiro. De minha parte, abri o vidro para receber mais vento e apreciar a paisagem como se me despedisse do que sequer conheci. Vendo que eu me mantinha calada, o homem retomou a história. Contou-me que o Aníbal vendia bem, mas seus gastos eram altos. Além do transporte, pagava para usar banheiro, guardar a tralha, e para a polícia também. Quem encosta a barriga num escritório, professora, posso te chamar de professora? Então, quem trabalha em escritório não sabe o que é isso: sol, chuva, vento, furto. E olhava para mim, a conferir minha opinião.

Mas sabe o que o Pontes pensou, sozinho, depois de um mês na Santa Ifigênia? O Pontes esquadrinhou os duzentos e cinquenta metros do Viaduto e contou as barracas: cerca de trezentos ambulantes. Se cada um contribuísse, vamos dizer no dinheiro de hoje, com dez reais por mês, seriam três mil reais; com esse montante, eles poderiam se organizar e ter água, banheiro, além de um esquema bem esquematizado para guardar as lonas e o madeiramento, ou seja, todo material de trabalho. Isso tudo, mais o café. Mas o lance da polícia ainda continuaria, isso não tem jeito.

Em seguida, repetiu o gesto anterior: encheu o peito e o esvaziou com um suspiro. O sorriso infame não lhe saía do rosto; havia também um quê de glória misturado a lamento. Com isso, não dava para entender se ele apreciava o modo como a polícia conduzia o assunto ou se o lamentava, ou ambas as coisas.

Estudo sobre o fim 33

Seguimos calados por um quilômetro mais ou menos. Aproveitei a pausa para pensar no que faria naquelas duas horas sozinha na praia. Ao mesmo tempo, contemplava as brechas do oceano, os trechos de restinga, a vegetação ora aberta, ora fechada, destacando-se um cajueiro-bravo, um barbatimão, ambos separados por um boteco coberto por folhas grossas. Ali dentro, um homem bebia de pé, sem camisa, a barba e os cabelos brancos. Ficou para trás. Planejei entrar na água até o raso, pois não sabia nadar.

Mais adiante, o motorista precisou reduzir a velocidade para contornar um buraco na pista, então avistei um pica-pau-verde sobre um galho finíssimo à beira da estrada. Senti inveja de seu equilíbrio. Perguntei-me, tentando não me arrastar para um estado de aflição, se o homem iria se oferecer como companhia na praia. Felizmente, essa dúvida não permaneceu, porque ele cortou meu pensamento. Havíamos chegado a uma área urbanizada e o motorista comentou que por ali não havia tratamento de esgoto, sendo que os políticos não estavam nem aí para nós. Em seguida, retomou o caso do Pontes, mas agora, eu me lembro bem, já no meio da história.

Nesse momento, ele começava a suar. Sua voz ganhou um quê de exaltação. E foi com esse ar mais agitado que ele revelou que a mulher e o filho do Pontes estavam jurados de morte. Era provável que morassem em algum sítio do Nordeste, sem que ninguém imaginasse onde. Também havia a crença de que tivessem ido para o estrangeiro. Portugal, talvez. Tem muito brasileiro em Portugal, como a senhora deve saber.

Então o Pontes se casou? – perguntei, em parte envergonhada por ter permanecido calada por algum tempo.

34 *Paula Fábrio*

Casou-se, sim. Mas isso foi depois, já nos tempos do sindicato. Como eu lhe dizia, o Pontes saiu conversando com os ambulantes do Viaduto e convenceu a todos que seria mais fácil, barato e confortável despender dez contos por mês e bancar uma estrutura para eles.

Nessa hora, comentei que a ideia não me parecia coisa de bandido, muito pelo contrário, o Pontes estava, na verdade, ajudando as pessoas.

Então espere para ouvir o restante; o motorista levantou a mão discretamente me advertindo. Na sequência, as palavras lhe saíram atropeladas e seu pescoço ganhou um tom avermelhado.

Não sei se foi durante a gestão da Erundina, creio que sim, o Aníbal começou a fuçar essas coisas de governo: foi até a sede da Prefeitura, depois até a Câmara dos Vereadores, falou com um, falou com outro, e enfim conseguiu permissão, ou sei lá o nome disso, para montar uma cooperativa de ambulantes. Imagine só! Não sei se era esse rapaz, esse bandido da União dos Estudantes, que agora virou deputado, senador, sei lá o que, que ajudou eles, ou a própria Erundina, mas a coisa ficou organizada de tal maneira que em menos de um mês aquele grupo de camelôs já tinha um local debaixo do viaduto, onde passaram a guardar as barracas, os carrinhos (quem possuía carrinho), com água e tudo. E o Aníbal ainda foi tão esperto que conseguiu meia dúzia de garrafas térmicas com café pra eles. Um ano depois, a cooperativa... a senhora sabe o que é cooperativa? Pois bem, eles alugaram um andar num prédio nas imediações, com pebolim e sofá pra tirar soneca. O negócio prosperou, entende? Só mordomia.

Estudo sobre o fim 35

A gente pode parar pra comprar água?

Foi o motorista quem pediu e eu concordei. Solícito, saiu do carro e andou em direção a uma tenda montada sobre o acostamento da estrada, onde comprou, do próprio bolso, água gelada para nós dois. Embora não fosse jovem, procurava demonstrar agilidade. A barriga era a única coisa que indicava certo declínio de seu físico: contorcida feito uma salsicha na água fervente, apontava para o chão.

Voltou.

Senhora... ou senhorita?

Senhorita – resumi.

A senhorita vai ver que praia bonita, a Coqueirinho do Sul. Tem duas partes, a mais vazia, com falésias e mar agitado, a senhora sabe o que são falésias? E outra com águas calmas e cristalinas. Dois visuais bem diferentes, os dois bonitos. Eu vou estacionar o carro na barraca, que tem toda a estrutura, comida, banheiro, lugar para descansar. A senhorita fica lá à vontade e depois de duas horas é só me procurar próximo ao veículo. Fique o tempo que desejar. Hoje deve estar vazio, a praia será só sua.

Comecei a planejar: assim que me sentasse na areia, faria um esforço para limpar a mente, sobretudo da história do Pontes. Isto é, tentaria me livrar por duas horas de uma visão de mundo. Uma visão de mundo com a qual eu observava a vida e tirava conclusões, quase sempre inevitáveis, a respeito de como as coisas funcionam.

Mas não pude me prolongar nesse projeto, pois o motorista acelerou o Celta vermelho e logo nos aproximamos de outra praia. Diante da placa, ele disse que poderíamos parar, se eu quisesse, mas esse período seria descontado do Coqueirinho. E o que me assustava, embora improvável, seria uma virada no tempo. Eu sabia que havia lugares no Nordeste onde não chovia há sessenta anos ou mais, o que não era o caso da orla, mas já naquela época, apesar de ainda jovem, eu gastava meu tempo com extrema avareza e não queria correr nenhum risco. Além disso, carregava comigo uma esperança secreta: a de ser a primeira pessoa naquele dia a tocar a areia do Coqueirinho.

A placa da Praia do Amor ficou para trás.

O motorista seguiu falando do Pontes e àquela altura, confesso, minha curiosidade para saber como ele se tornou bandido havia aumentado substancialmente. Mas eu queria mesmo era entender por que o peito do motorista arfava daquele jeito enquanto ele contava um acontecimento tão distante de sua vida; havia algo contido ali, prestes a explodir.

Escuta só, o Aníbal teve então outra ideia: expandiu a cooperativa para além do Viaduto Santa Ifigênia. Botou debaixo da sua asa quase todos os ambulantes do centro de São Paulo, isto é, criou um sindicato. A senhora, sendo cientista, sabe o que é sindicato, não?

O Aníbal já tinha conhecido a mulher... Agora, eu não sei se foi ele que se meteu com o pessoal do PT ou se foi o pessoal do PT que se envolveu com ele. Acho que era tudo uma coisa só. O PT com aquela mania de socialismo. O Lula, o Lula veio de sindicato, né? Pois é. Aí principiou aquele negócio brabo de sindicato pra lá, sindicato pra cá. Se não me engano foi nessa ocasião que começaram a tratá-lo pelo sobrenome: o Pontes isso, o Pontes aquilo. Ademais, o Aníbal já não era aquele moço franzino da Vila Galvão, chorando a morte da mãe. Ele encorpou e as partes que ele não conseguiu crescer,

Estudo sobre o fim 37

ele encheu assim com ternos da Akkar, o que tinha de mais elegante em camisaria masculina; a senhora que é fina e delicada, deve conhecer essa marca de São Paulo...

Só sei que em determinado momento o Pontes percebeu que dava mais lucro administrar aquele montante arrecadado do que expandir as vendas de walkman e eletrônicos como CDs piratas, que estavam muito na moda; ou ainda (fez uma pausa dramática): pior das ideias, abrir um comércio de verdade. O Pontes nasceu pra fazer negócio grande. Em pouco tempo, já dirigia cinco cooperativas (mostrou os cinco dedos bem abertos diante do console) e até mesmo havia montado uma caixa de previdência para os ambulantes. Levava os homens na lábia, de um lado e de outro, os ambulantes e os políticos, que simpatizavam com sua figura. Naquela época, anos noventa já, não havia um cidadão no centro de São Paulo que não gostasse do Pontes. Daí que os políticos sacaram que ele deveria sair candidato a vereador. Tudo quanto era camelô e parente de camelô votaria no Pontes. E não sei se foi pelo PT ou PDT ou PTB, um desses partidos que o Pontes se elegeu. Gabinete, carro, mas olha, foi aí que ele se perdeu. É.

O motorista fechou a cara antes de prosseguir. De repente, ele parecia entabular uma conversa contra ele mesmo, ali dentro de sua cabeça. Havia um tanto de raiva e decepção em sua expressão. Talvez alguém pudesse crer que aquilo tudo fosse indignação, mas não, não era bem isso.

O que se seguiu foi um silêncio pontuado por uma respiração pesada.

Anos mais tarde, eu veria essa situação se repetir, gente aparentemente indignada espalhada por onde eu fosse. Gente reclamando do preço do feijão, dos impostos, dos serviços públicos, das organizações sociais, dos centavos, do ensino, de tudo ou quase tudo. Mas ainda levei um tempo para perceber o quanto indignação e inveja são indissociáveis. No entanto, não quero acelerar os fatos. Pois naquela época, 2016, o ano era 2016, tudo me parecia simples, cada coisa em seu compartimento.

Já estávamos nos aproximando do Coqueirinho quando avistei a bandeira do Brasil estendida na janela de uma casa de alvenaria. Na porta, três crianças lambuzadas de areia e terra; ao lado delas, um par de galinhas ciscando o farelo de um saco de salgadinho Torcida. Foi a primeira vez que vi uma bandeira do país na frente de uma casa e não era Copa do Mundo. Depois surgiram outras, nos anos seguintes, uma a uma, nos lugares mais diversos, entre pobres e ricos, velhos e jovens, de Norte a Sul do país.

– E como o Pontes se perdeu? – a essa altura eu queria muito saber.

Eu vou lhe dizer. A Câmara dos Vereadores foi um laboratório pra ele. Lá, o Pontes conheceu todo tipo de gente, tomou contato com transações comerciais mais lucrativas que a própria política. Foi por essa época que ele me apresentou o Eduardo Suplicy, o Oscar Niemeyer, um Ministro de Estado e até uns banqueiros.

Então você andava com ele?

Naquela época eu mexia com ar-condicionado, fazia um trabalho bom, instalava tudo bonitinho na casa das pessoas. Todo mundo me chamava para esse serviço. Foi assim que o Pontes me chamou também. Instalei ar na casa dele inteira. Era uma mansão de três andares no Morumbi. Toda de con-

Estudo sobre o fim 39

creto, quadradona. Concreto, madeira e vidro. Já pensou? O cara deixou a Vila Galvão para morar no Morumbi! E esse pessoal graúdo frequentava a casa dele; conheci jornalista, atleta, cantor, tudo quanto era gente importante naquele um mês instalando ar; eu mexia com aquecimento de piscina também. Pra você ter ideia, a piscina dele tinha o formato da letra S, de Silvia, o nome da esposa dele. É.

Aí o Pontes compreendeu que tudo dependia dos contatos, distribuir o lucro. Pois naquele tempo ele já tinha feito acordo com a polícia com relação ao ganha-pão dos ambulantes. A regularização da estrutura com a Erundina não estava passada no papel, em forma de lei, até onde se sabe, mas a Prefeitura facilitou as coisas para o Pontes, e por conta disso a polícia viu seu rendimento baixar e, claro, não gostou. Assim acabou aquele papo de cada hora passar um polícia e catar a receita toda do camelô. O Pontes estabeleceu dia e hora pra pagar a caixinha da polícia, afinal, ele disse aos colegas, os agentes ganham pouco e podem ajudar fazendo segurança contra os furtos. Os clientes se sentiriam melhor com o policiamento. O Pontes sempre tinha um argumento na ponta da língua. A polícia, de sua parte, aceitou valor, dia e hora da contribuição; mais um pouco e passava recibo, nota fiscal e tudo dos serviços prestados.

Nessa hora, o motorista riu com gosto. De repente, deu a seta e o carro desceu um caminho calçado com pedras.

Foi quando o mar surgiu imenso. E tudo se dissipou.

No estacionamento, antes de desligar o motor, o homem fez um jogo malandro com a cabeça e aquele seu meio sorriso retornou.

– Aceitar o valor não significa que a diferença não seria cobrada um dia. Mas isso eu conto depois. Agora a senhora aproveite a maré baixa, deve estar cheio de peixinhos ali onde o mar forma uma piscina.

4

Meus pés tocaram o solo rosado do Coqueirinho. Morno, suave. Uma esfera de conforto me atingiu. Céu aberto. Praia vazia. Caminhei do lado bravo. As falésias altas, como eu as imaginei. Monte Rushmore, cenários das aventuras de Johnny Quest e Bandit, cânions como em Petra. Demorei a alcançá-las. Voltei-me para o outro lado. Piscinas, calmaria verde. Isto vai sumir. Coqueiros enfileirados, tombados sobre a areia, como pescadores sobre redes. Aos poucos, algumas pessoas começavam a chegar. Enfiavam os pés nas águas das piscinas e se surpreendiam com a temperatura morna, assim como eu momentos antes. Sem ondas por um longo trecho adentro, o mar inspirava confiança. Mesmo assim, permaneci estudando seu comportamento antes de avançar mais um pouco. Andei por vários metros com a água na altura das coxas. Não havia quedas abruptas, nem traição. Tampouco tubarão. No Coqueirinho, a temperatura da água é quente, mas não chega a ser tão quente como no Recife. Relaxei um pouco e avancei até o mar chegar na minha cintura. Aguardei alguns minutos. Nenhuma onda. Poderia me abaixar e molhar o corpo um pouco mais.

Estudo sobre o fim 43

Experimentei. Pela primeira vez, sozinha, após muito tempo, após a morte dela.

Fitando o horizonte, comecei a compreender a palavra dimensão. Do mar, olhei a praia. Talvez mais bonita, vista desse ângulo.

Para além dos coqueiros parecia não haver nada: o seminário, o motorista, o Pontes, os sentimentos desonestos. Nada disso. Bem ali, na encosta, os ossos dos homens se tornarão sambaquis, depositados pelos homens.

Lembro-me de ter deitado na areia e ter pensado longamente sobre essa minha visão acerca dos sambaquis do futuro. Poderia ser a primeira cena de um filme de ficção. Depois, apesar de não me mover de mim mesma, consegui me afastar do meu principal cativeiro, o cativeiro da minha mente.

Permaneci em silêncio. Quanto de silêncio é necessário para se escutar a brisa? Ou para nos curvar simplesmente?

Naquelas duas horas, eu era tão-somente um minúsculo ponto sobre um corpo de massa equivalente a cinco vírgula nove sextilhões de toneladas. A massa da Terra. Eu me encontrava há uma distância de cento e quarenta e nove milhões e seiscentos mil quilômetros daquele corpo que me mantinha aquecida. O sol. De resto, nenhum pensamento poderia ser grandioso o suficiente para sobreviver.

Naquelas duas horas, meu corpo envelheceu, o pica-pau-verde envelheceu, cabelos e barba do homem que bebia cachaça cresceram um milímetro e algum meteoro se deslocou em nossa direção.

Naquelas duas horas, o planeta prosseguiu girando sobre si mesmo, num movimento aparentemente perpétuo, sem que ninguém o segure, nenhum deus, nenhum corpo, nada.

Duas horas acabam.

E eu voltaria a encarar o rosto de meia-idade curtido de sol, o pescoço vermelho, a polo engomada, os muros gigantes, a barriga em forma de salsicha, eu voltaria a encarar o futuro com jeito de passado, mal-passado.

5

A senhora gostou da praia?

Com destreza e confiança, o motorista girou a chave na ignição do Celta vermelho e prosseguiu falando a partir do ponto em que ele havia interrompido a história.

Quando arrancou com o carro, um arroubo de vento ainda me tomou de surpresa. Logo, um monte de areia e outro de argila encobriram a visão que se tinha do mar. O homem olhava a estrada, cheio de si.

Pensei novamente nos sambaquis.

O Celta vermelho subira de volta o calçamento de pedras, deixando a praia. Ainda cheguei a torcer o pescoço para trás, tentando guardar uma última visão. O homem notou meu movimento e riu-se como rimos das crianças. Riu-se como se ninguém soubesse tudo o que ele sabia.

Trocou a marcha. O carro amansou no plano.

Olhei o rádio, mas não queria que o motorista tivesse percebido.

Não adianta, está quebrado.

Fingiu-se lamentar.

Em seguida, aprumou-se no volante, conferiu meu grau de atenção com o canto do olho e retornou à história do Pontes.

Estudo sobre o fim 47

A senhora não sabe, mas o Pontes arrumou uma confusão com a polícia nessa mediação com os camelôs, confusão da qual nem o pessoal da política foi capaz de tirá-lo. Mas aí o Pontes já estava rico, casado, com filho recém-nascido. O que ele fez? Vendeu tudo e foi embora de São Paulo. Sumiu.

Um tio do Pontes era proprietário de uma terrinha aqui no Nordeste e ele veio atrás do homem. Veio com o bolso gordo. Construiu uma casa no sertão, bem escondida, arrendou uma fazendinha de coco cujo dono estava falido e começou a trabalhar. A senhora sabe como é o negócio do coco? Então, os meninos sobem quase de graça pra pegar o coco, aí é só vender, o lucro é bom, bom mesmo. Mas o lucro fica ainda melhor quando você cata o coco que brotou espontâneo nas terras do governo, terra de ninguém, você avança o cercado e sua produção cresce, você não paga nada por aquele pedaço de terra, nem se responsabiliza, entende? Tá me acompanhando? Em questão de pouco tempo, o Pontes já era o maior empresário do coco por aqui, quase tudo quanto era caminhão de coco verde na estrada em direção ao Sul tinha o adesivo do Pontes: Coco Bem Brasil, a senhora ouviu falar? É.

Se bobear a senhora já tomou o coco do Pontes...

(Acontece que mais ou menos por aí eu perdi um pedaço da história. O motorista usava suas palavras e eu testava as minhas, num eco permanente: terra, ninguém, quem? Sesmaria. Cerca. Cerco. 1500, 1808, 2016.)

Coco Bem Brasil. Mais de vinte caminhões. No Rio de Janeiro, Copacabana, a senhora sabe o preço do coco? Tá dando pra entender?

Na soma dos montantes, se em São Paulo, entre camelôs, sindicato e PT, o Pontes enriqueceu, aqui ele se tornou milionário. E por quê? Porque falava a língua dos políticos. Mas se ele pensava que os empresários daqui eram frouxos feito a polícia do Sul, aí ele se enganou.

Foi nessa parte da história que o motorista começou a se exaltar pra valer, e fez uma arma usando os dedos da mão direita e pá, pá, pá, disparou em todas as direções. Quando terminou, virou-se para observar o ricochete no meu rosto. Não mexi um único músculo da face. Olhei para fora, a natureza tem força extraordinária. O Pontes, coitado do Pontes, teve a fazenda baleada. A casa ficou toda furada que nem agulheiro. A mulher e o filho, trancados no quarto. O tio, o velho do tio caiu feito uma jaca no terreiro. Os passarinhos voaram pra longe. Nem um pio, um calor de matar e o Pontes de colete à prova de bala, andando de um lado a outro do escritório, em desespero, telefone cortado. Depois ele veria a entrada da fazenda toda cagada, merda de adulto. Mandaram uns garotos esvaziar os coqueiros na madrugada. Daquela vez foi só aviso. No dia seguinte, moveram as cercas do Pontes, estreitaram o caminho. O medo do Pontes foi com a frota de caminhão, aquilo valia muito. Mandou escoltar tudo. Mas não adiantou, ele havia mexido com gente grande, gente que está aqui faz tempo. Dizem que estão aqui desde o começo, quando ninguém queria vir pra cá, só meia dúzia de português ou holandês desses bem escabrosos. Pois você começa cercando, a cerca é que manda. Mas depois é o fogo quem dá ordem. Arremessaram uma granada no alpendre do Pontes. Quer saber o que aconteceu? Nada. A bichinha falhou. Ou era só brincadeira.

Estudo sobre o fim 49

Enquanto contava essas coisas, o motorista se contorcia feito um menino de sete anos diante da explosão de um morteiro no fundo da classe.

Vixe, vixe.

Retirou as mãos do volante para esfregá-las.

O Pontes tava lascado.

A essa altura, eu comecei a sentir pavor, sem saber bem de quê. Um frio na boca do estômago, que sobrevinha quando eu começava a antecipar os acontecimentos.

Da minha janela, à direita da estrada, vi uma onda selvagem tomar conta de uma grande extensão de areia. O tempo estava mudando. Aproximava-se a chuva da tarde. Em seguida, o céu se abriria. Havia ondas e seu recuo. Ainda assim, cada vez que isso acontece é como se fosse a primeira vez.

A senhora ouviu?

Voltei-me confusa.

A senhora ouviu? Ouviu que o Pontes veio falar comigo?

Menti.

Me conte.

Pois o Pontes soube que eu mais minha esposa, que a gente veio para o Nordeste...

A sua esposa, o que faz?

O motorista voltou-se aturdido para mim. E não respondeu. Seguiu com a história.

O Pontes veio me perguntar se eu ainda tinha algum conhecido lá em São Paulo, alguém da antiga na Vila Galvão, sabe? Alguém para um serviço especial... Sabe o que eu fiz? Desconversei e escapuli. Eu e minha mulher temos uma vida calma aqui; eu digo pra senhora: não é nenhuma riqueza, é uma casa bem ajeitadinha lá nos Bancários, a senhora já ouviu falar? Bairro bom, bairro bom. Eu tô aposentado, minha esposa também. Esse trabalho aqui de aplicativo é só um complemento, pra passar o tempo, eu canso de não fazer nada. E gosto de dirigir. A senhora sabe dirigir? Eu é que não tava doido de me meter com o Pontes.

Após esse comentário, o motorista passou alguns minutos alternando entre olhar para mim e para a estrada. Ora sorrindo, tentando ocultar uma indagação, ora emburrado.

Me fale sobre a mulher do Pontes, pedi.

Foi com espanto que ele perguntou: O que a senhora quer saber?

Se ela trabalhava com ele, se ainda estão juntos.

Se estão juntos eu não sei, porque tem gente por aí dizendo que o Pontes morreu; sumiram com o Pontes. Nesses matos aí (ele apontou com a testa adiante). Daqui até o Rio Grande do Norte tem mato e fazenda adoidado. O corpo do Pontes pode estar num desses cantos, metade comido por urubu.

Fez o sinal da cruz e beijou os próprios dedos.

Mas acho que a mulher nunca se meteu com os negócios do Pontes. Passava o dia no quarto ou numa sala cercada de vidro, lendo livros, fumando cigarros longos e finos, quando não era vista ao telefone, com pessoas de São Paulo, eu imagino. A mulher e o filho não foram atrás do Pontes, quero dizer, depois que ele desapareceu. Não iam deixar rastro pra pegarem o Pontes. Antes de morrer, se é que morreu, o diabo conseguiu esconder aqueles dois.

Por que os rivais do Pontes mexeriam com mulher e filho, agora que ele morreu?

É como eu disse: ninguém sabe se o cabra tá morto, nem mesmo quem mandou fazer o serviço sabe ao certo. Se abu-

Estudo sobre o fim 51

sarem da mulher e do filho, moleque de treze anos, o Pontes pode não se aguentar no esconderijo e sair de lá. Aí vai ser caça e caçador, polícia e bandido. Nem colete à prova de balas vai salvar, pois vão mirar a cabecinha do marginal. Pow! Parecia-lhe incontrolável não narrar a trilha sonora. O certo é que ninguém pode tomar o espaço de ninguém. Rico é rico e pobre é pobre. E bandido é bandido. Também não é correto tomar dinheiro de pobre, trabalhador, ambulante que ganha pouco, embora ambulante também seja bandido – tudo ilegal, CD que não toca, celular sem motor, tudo oco, sabe santo do pau-oco? Isso quando o ambulante não vende droga. Vou falar uma coisa pra senhora: este país tá todo revirado do avesso. A bandidagem tomou conta, é PCC, Comando Vermelho, Alemão, PT, PSDB. Precisa de mão forte pra dar jeito nisso aí. O filho do meu cunhado mora nos Estados Unidos, e lá é diferente, lá tem lei. Ele mora numa mansão, com mulher e filhos, e sabe o que ele faz? O sujeito é montador de móveis! A mulher fica em casa, limpando a mansão. Domingo, só no churrasco com os amigos, carne maturada que a gente exporta pra lá, e cervejinha. A senhora que é doutora, é doutora, não é? A senhora conhece o exterior? Já viajou pra lá? Há de concordar comigo. É.

E tão construindo um muro pra não deixar mais ninguém entrar não. Bandido mexicano, brasileiro, ninguém entra mais não.

Se a senhora... senhora ou senhorita?

Senhorita.

É mesmo, a senhora me falou. Esqueci, fiz confusão, hein. Senhora, senhorita.

E riu-se, com gosto.

A senhorita quer visitar o mercado de artesanato? A senhora tem meu cartão, não tem? Faço vários passeios: já foi pra Ponta do Seixas? É o ponto mais oriental da América do Sul. O mais próximo da Europa.

Não seria da África? Eita, melhor não. Melhor ser mais perto da Europa. E riu-se de novo, com mais gosto ainda.

Mas me conte, o que aconteceu com a frota do Pontes? A frota, parada no pátio. Toda noite vai lá um gatuno e retira peça. Daqui a pouco nem pneu tem mais, as carcaças todas no chão, arriando. Há um guarda vigiando o pátio; o tipo afirma não saber de nada. Imagina, ele fala que não sabe quem paga o salário dele. Conversa. A fazenda foi reduzida, mexeram na cerca. Dá até dó de ver. Os coqueiros que sobraram sem ninguém pra conversar. Aqui o povo diz que árvore conversa. Lá em São Paulo, é tudo diferente: asfalto, prédio, shopping, imagina que dão papo pra caiçara-sertanejo-ignorante; nordestino é povo besta, mas por outro lado os homens do mato sabem tudo, sabem cura de doença até. Tem um deles, o Bacamarte, que curou o câncer da mulher do Pontes... É.

A mulher do Pontes, o Pontes escolheu bem. Formosa, cheirosa, cílios compridos. Cabelão que alongava o corpo assim. De uma beleza diferente. Depois veio filho e ela criou um pouco de barriga, mas continuava fina. Não sei onde o Pontes conheceu aquela mulher, com certeza não foi na Santa Ifigênia nem na Vila Galvão. Parece que veio de família importante, gente da política, escorada. Não era da nossa laia, da minha e do Pontes, quero dizer. Parece que tinha estudo, fez faculdade lá na USP. A gente fica sem entender como tem tanta mulher de berço que casa com bandido.

Estudo sobre o fim 53

Mas como eu estava falando, de repente a mulher foi ficando amarelinha, feito canarinho. O câncer pegou logo foi o fígado dela. E câncer de fígado, dizem, eu mesmo nunca tive, dizem: é questão de meses. Quem me contou foi uns camaradas aí, que andaram na cola do Pontes durante um tempo. O Pontes levou a mulher pra São Paulo, depois para os Estados Unidos e já tava desistindo quando lhe trouxeram o Bacamarte.

Não sei que feitiçaria o Bacamarte fez, que curou a mulher. A feitiçaria saiu tão bem-feita que ele até se tornou amante dela. É.

Pra senhora ver como são as coisas. Dizem que o Pontes ficou miudinho, quietinho, fingiu que nem viu os cornos, pois o amor que ele tinha por ela era tanto, que bastava ela estar viva. E ela tá viva, muito viva, até hoje.

Contar essa última parte mexeu demais com o motorista. Era nítido. E isso me instigava ainda mais pelas coisas que ele não contava.

Andamos os últimos quilômetros calados. O motorista nem me olhava, enfezado, e eu, a essa altura, não sabia se era por minha causa ou pela mulher do Pontes.

Mais alguns minutos e já chegávamos à área urbana. Percebi que o motorista sempre desviava o caminho para passar pelos bairros mais abastados. Numa sequência de curvas, mostrou-me um prédio de trinta andares e desafiou: sabe quem é o dono da cobertura?

Antes que meu silêncio ficasse muito evidente, tratou de responder: o apresentador do Jornal Nacional. E completou com aquele risinho, sem o que já não conseguia viver.

Diante da informação, tentei demonstrar maravilhamento, pelo menos aquela vez, agora que a viagem chegava ao final. Não sei se consegui. Contudo, era um jeito de me reconciliar com aquele homem.

Entramos na avenida da praia, a orla vazia, sol a pino. Parecíamos cobertos por um teto prateado, como se um óvni reluzente estivesse a descer ali na rua, diante de nós. O homem desacelerou o motor e imbicou o veículo na direção do meio-fio. Ainda tive tempo de perguntar: como sabe que ela está viva? O motorista titubeou, enrolou a língua. Contou que um amigo, ex-aliado do Pontes, afirmou que ele mesmo viu a mulher enrolada em lenço e óculos de sol fazendo compras numa loja no Recife. Tem muita terra daqui até o Recife, capaz dela estar por aí. Mas não é fácil ficar invisível por muito tempo.

Apertei a mão do motorista, que me devolveu o cumprimento com uma satisfação verdadeira. Fui tomada por uma combinação de pena, raiva e asco – todos os três sentimentos, para minha surpresa, dali em diante me acompanhariam nas viagens de táxi ou aplicativo. Pois algo havia mudado, algo como o recuo de uma onda gigantesca, a provocar uma transformação provisória, porém avassaladora, na paisagem da praia – por ora, só areia e espera.

Estudo sobre o fim 55

Vila Mariana ↔
Vila Prudente ↔
Vila Mariana

4

Durante uma semana ninguém deu falta das bicicletas no Edifício Iracema. A primeira a saber foi a síndica.

Ao detectar um defeito no portão automático da garagem, a empresa de segurança virtual designou um funcionário para comparecer ao local e averiguar as condições do portão. Como havia indícios de arrombamento, o encarregado Everton assistiu a quatro horas seguidas de filmagem até chegar ao momento do furto. Uma vez que não podia entrar nas redes sociais nem conversar pelo aplicativo de mensagens enquanto realizava a tarefa, viu-se obrigado a fumar vários cigarros. Quando terminou, restou-lhe uma leve dor de cabeça. Fazia parte da rotina. Após desligar o vídeo, o encarregado Everton arremessou a bituca do último cigarro pela janela do escritório e pediu à Tânia, responsável pela vigia no turno da tarde, para digitar uma mensagem à síndica do Iracema, informando sobre o ocorrido.

"Uma mensagem simples, sem se estender."

Tânia, que naquela hora ouvia um áudio no celular, nem levantou a cabeça para responder:

"Positivo."

Tânia, logo nos primeiros meses de casa, já havia decorado as palavras essenciais para o dia a dia na empresa: "po-

Estudo sobre o fim 59

sitivo! posso liberar o fulano? Bom dia! Estou verificando."
Com os patrões, não era diferente, podia usar as mesmas palavras e tudo corria bem.

De resto, naquela tarde o encarregado Everton saiu mais cedo do trabalho para alcançar as lojas da Santa Ifigênia ainda abertas, precisava com urgência comprar um controle novo do PS para jogar Free Fire. Ele se preparava para alçar sua vida a um outro estágio, apostando dinheiro vivo para sair da dependência do sogro.

5

O sogro era um sujeito metido em jaquetas de pano claro, careca e bem passado em anos. Tinha o maxilar meio frouxo e um carro com engate de reboque, embora não houvesse nenhuma carreta para tracionar. Usava-o para se proteger de possíveis batidas, não obstante seu uso fosse fora da lei. Chamava-se Marc, e havia prestado serviço para os milicos nos anos setenta, mas se aposentou cedo por conta de um problema na perna esquerda. Ele mancava suavemente e havia gente que desconfiasse que fosse um artifício.

Desde sua aposentadoria, coincidente com a morte súbita do primeiro presidente após a redemocratização, Marc tratou de aprender tudo sobre as novas tecnologias de segurança que despontavam no mercado. Em pouco tempo, abriu uma empresa em sociedade com um militar da reserva, cuja participação implicava em capital e informações privilegiadas. Porém, alguns anos depois, o sócio faleceu e Marc seguiu com o negócio. Na ocasião, chamou o genro para trabalhar como encarregado. Eles não se davam muito bem, entretanto, Marc sempre entendeu que só se pode confiar na família. Marc não era religioso, mas a família, para ele, era algo sagrado. Além do mais, precisava assegurar o padrão financeiro da filha.

Estudo sobre o fim 61

Marc espiou pela janela do predinho na Barra Funda, onde funcionava a empresa de segurança, e viu o genro sair apressado. Marc também já se preparava para deixar o escritório, quando foi surpreendido pelo aviso sonoro do celular: mensagem de voz da síndica do Iracema.

"Marc, não sei se você está sabendo, mas houve um roubo aqui no prédio. Acabei de receber mensagem da sua equipe. O roubo foi na semana passada e ninguém me avisou! Eu pergunto: não tinha ninguém olhando as câmeras? Não é pra isso que eu pago vocês? Para olhar as câmeras?! Arrombaram meu portão, entraram no meu prédio e ninguém, ninguém viu nada! Exijo uma explicação! Como vocês vão se retratar? Vão pagar o valor das bicicletas?"

Marc ouviu tudo na velocidade acelerada, 2 x 1, do celular. Já fazia algum tempo que adquiriu esse hábito. Dizia que era para evitar o nervoso, mas nessas ocasiões costumava mancar um pouco mais forte com a perna esquerda, como se algo o repuxasse para trás. Marc acreditava que trabalhava duro e não merecia esse tipo de perturbação. Clientes a gritar em seus ouvidos, gente que nem tinha percebido o roubo; com certeza, pessoas com dinheiro aplicado em renda fixa e debêntures; pior, donas de casa metidas a sabichonas, e essa síndica, essa síndica sapatão. E os funcionários? O que deu na sua cabeça de contratar aquela anã, deficiente – nem sabe do que chamá-la. Decidiu não retornar a mensagem. Pegou o Corolla no estacionamento em frente ao escritório, ligou o rádio e logo se sentiu confortável ao ouvir as vozes familiares dos locutores, que àquele momento discorriam sobre os acontecimentos da semana: mais do que notícias, havia no estúdio uma discussão acalorada acerca da falta de interesse em investigar quem estaria por trás do atentado contra a vida do presidente, quando este ainda era um frágil candidato e levara uma facada durante a campanha eleitoral. Quando o Corolla preto já havia ingressado na via elevada que o transportaria da Barra Funda até outra via expressa, que por fim o levaria até o bairro de Moema, onde Marc morava, os locutores já haviam encerrado a discussão e a vinheta que separava a programação jornalística dos comerciais soou como uma nota tranquilizadora aos tímpanos de Marc. Ele adorava a emissora em questão, conservava o hábito de ouvi-la desde a juventude e sentia grande afinidade com suas ideias e argumentos, porém, naquele momento desejava algo mais calmo. Com apenas um toque no painel, acionou uma trilha de músicas sertanejas preparada pelo genro. Logo no primeiro acorde, lembrou-se do sítio em Atibaia, onde passava os finais de semana com chapéu e uma única preocupação na cabeça: a fermentação da sua cerveja artesanal. Havia preparado vinte litros de India Pale Ale, com 5,5 ABV e 50 IBUs. Faltavam apenas dois dias para completar o ciclo de sete, com o líquido totalmente isolado do ambiente externo. Inspirou o ar ao seu redor e imaginou o aroma inigualável da cerveja que batizaria como Marc One. Aquilo era uma terapia. No semáforo, não permitiu ao garoto de capuz limpar o para-brisa. Cerrou os olhos, mas só o que viu foi a imagem da anã sentada sobre as pernas cruzadas na cadeira giratória, entediada diante das quarenta e oito imagens dispostas em três monitores.

Estudo sobre o fim 63

6

Tânia já assistiu a muitos assaltos pelos monitores. No início, ela se via ansiosa: telefonava para o zelador do edifício em questão, enquanto acionava a polícia. Procurava conter a aflição e relatar os atos com boa dicção e clareza. Às vezes, ocorria de ser bem-sucedida, inibindo alguma ação mais grave. Entretanto, após começar a utilizar a assinatura de streaming cuja senha um amigo lhe concedeu, tornou-se viciada em séries policiais e de conteúdo trash. Aos poucos, desenvolveu gosto por assistir aos crimes e se masturbar ao mesmo tempo. Na empresa, ninguém percebia sua expressão quando se lançava para a ponta da cadeira, com as pernas para trás, de modo que seu clitóris encostasse no assento e seu corpo ficasse todo esticado para a frente, inclusive o pescoço, para não tirar a vista do que se passava no vídeo. Nessa hora, prendia os lábios, e começava a pensar em várias coisas diferentes, até se concentrar numa delas e pudesse se excitar ao máximo. Muitas vezes conseguia alcançar um latejar vigoroso. Certa feita, gozou. Desse dia em diante, desejava a todo custo reproduzir a sensação, embora sem êxito. Assim, aguardava sempre o próximo assalto com uma violência que a assustava até.

Estudo sobre o fim 65

7

Amanhece na quebrada. O céu com borrões vermelhos. O Magaiver já está de pé e tem um ideião da porra. "Vamos tocar greve!". Alemoa não está de acordo e sabe que ele só quer fazer isso pra agradar a Solange. Mas o Magaiver não quer conversa, acordou decidido. Vai reunir os parceiros e disseminar a ideia. Das onze às quatro da tarde, todo mundo desliga o aplicativo. Não vão ganhar dinheiro, vai ser duro convencer os maluco, mas não tem outro jeito do aplicativo respeitar os mano.

"Mano do céu, você virou comunista, essa boceta virou sua cabeça!" Alemoa não se conforma.

"Presta atenção, mana, o Ministério Público quer ferrar a gente, tá tocando processo pra cima do aplicativo, daqui a pouco a gente não vai poder mais trabalhar com aplicativo, aí a vida volta a ser aquela merda de antes. Não preciso nem te lembrar o que a gente fazia antes disso, preciso? – Enquanto a Alemoa se sentava na única cadeira do escritório, ela com cara de fruta passada, já vendo a chuva de canivete se aproximar, o Magaiver desembaraçou a conversa: "Eu, hein, você parece choca das ideia!" – E saiu andando.

Quatro ou cinco empresas como a do Magaiver já dominavam dez por cento das atividades dos principais aplicati-

Estudo sobre o fim 67

vos. Juntaram mais outros no mesmo sentido; os grupos de entregadores fermentando e fervendo no whatsapp, tudo ao mesmo tempo. A ideia se espalhou feito selfie nas areias da Praia Grande.

Às onze da manhã, blecaute nas entregas. O almoço azedou nas marmitas.

O Magaiver grande, parecia andar sobre duas pernas de pau, tamanho o movimento dos quadris, o gingado, a sapiência. Foi quando chegou a Sol, espumando raiva.

"Tá maluco ou o quê?"

"Calma, mina."

"Me disseram que você é o responsável por essa greve, é verdade?"

O Magaiver ficou prensado, sem entender. Começou a falar sem som. Bateu com a mão na perna, apertou o pinto murcho, como se fosse esmagá-lo:

"Mas que foi? Manda! Desembucha!"

"Essa greve, essa greve tá errada!"

A Solange nem conseguia explicar aquilo em palavras.

"Para de encher linguiça e fale de uma vez!"

"O Ministério Público entrou com uma ação a nosso favor e contra o aplicativo, idiota! É para os gringo aumentar nossa taxa. E você destruiu tudo!"

A Solange só faltava chorar de raiva.

O Magaiver deu-lhe um tapa na cara, mas ele queria ter dado um tapa em si mesmo, se fosse bastante valente pra isso.

A rua em frente à garagem do tio do Magaiver silenciou. De repente, todo mundo ficou branco, sem cor. Desapontamento e desespero. Ninguém olhava para o Magaiver, um pouco por medo, outro tanto por decepção. Alguns não entenderam a situação e achavam que aquilo estava mais para briga de marido e mulher. A maior parte saiu pedalando sem dizer nada.

8

Começou a reunião de condôminos do edifício Iracema. Estão sentados em roda, na garagem do S1: a moradora do térreo, que bateu com seu carro em todos os veículos estacionados na garagem e, ao final, abriu um processo contra o prédio; o velho com demência, do décimo andar, que anula seu voto desde quando se decepcionou com o caçador de marajás; a síndica sapatão, temida por todos, por ser mulher, sapatão e faixa preta em kung fu; a loira de riso abobalhado, do nono andar; o professor de História, que mantém uma bandeira do país no beiral da janela de seu apartamento, desde 2018; e o morador da cobertura, um homem de meia idade, profissional de informática.

A pauta da reunião inclui a deliberação sobre o incidente das bicicletas. Ao anunciar o assunto, a síndica observa os demais condôminos. A batedora de carros, moradora do térreo, remexe o bumbum na cadeira e emite um gemido quase inaudível de repreensão e suspense. O velho demente finge que espirra e começa a assoar o nariz com ferocidade e dedicação. A loira de riso abobalhado cerra os lábios e se põe séria. Após alguns segundos de silêncio, o professor de História toma a palavra. Ele acha mais sensato contratar uma empresa para fazer a segurança no local, com pessoal arma-

Estudo sobre o fim 71

do. A síndica intervém dizendo que isso é impossível, segundo a lei. O professor de História e os demais presentes ficam perplexos: como uma empresa de segurança não pode ter porte de arma? A discussão debanda para as leis do país, as leis internacionais, os Estados Unidos da América; as vozes se alteram e somente após alguns minutos, longos minutos, a síndica consegue restabelecer a ordem.

Quem recomeça a reunião agora é o morador da cobertura. Ele tem a voz muito baixa e muito calma. Porém, enquanto fala, seus olhos se esbugalham um pouco. Há um momento de calmaria. Todos estão de cabeça baixa, ouvindo suas palavras.

– A empresa de segurança tem que ser responsabilizada.

Todos concordam. Há uma comoção nisso.

– Eles precisam nos ressarcir o valor dos bens furtados.

Todos concordam. Amém. Amém.

Vão redigir um documento. Fazer um boletim de ocorrência.

– A polícia precisa ser notificada, porque as coisas estão mudando na Vila Mariana. Mais violência, depredação, bagunça. O terminal de ônibus, por exemplo, transformou-se num albergue a céu aberto.

Nessa hora, a moradora do térreo interrompe com a voz aguda:

– Nós temos que denunciar o prédio da frente, por causa do barulho do trombone.

– Que trombone?

– O que ela está falando? – murmuram entre si.

A síndica intervém:

72   *Paula Fábrio*

– Ela está se referindo às aulas de trombone no prédio da frente. Mas isso é outra história.

Sobrevêm vozerio e mais dispersão.

A síndica aguarda os ânimos se acalmarem.

A loira de risada abobalhada sugere:

– Foco, gente, foco.

A esse sinal, todos se calam e a síndica retoma a reunião:

– Faremos tudo isso que o morador do 122 sugeriu. Pensamos em reforçar o mecanismo de trava do portão...

Nova interrupção.

– Pode colocar o que for. Precisamos abandonar essa empresa virtual e voltar a ter zelador, porteiro, gente de verdade aqui.

– O que eles teriam feito no caso das bicicletas? Nada!

Por um momento, todos se calam, cabisbaixos. A não ser o professor de História, que sacode a cabeça.

– Os bandidos percebem que o prédio está à deriva, vulnerável. Se colocarmos gente aqui, isso muda.

– Antes dos terceirizados e da equipe virtual, o porteiro noturno dormia a noite inteira e o baixinho da tarde, o Zé Colméia, bastava alguém encostar no portão, pra ele destravar a porta. Tudo dedo nervoso, esses porteiros – O velho demente parecia ter rompido um portal para entrar na conversa. Houve um espanto geral, mas ninguém ousou abrir a boca.

A síndica concorda. E no seu íntimo, fica grata ao velho; mas não quer demonstrar. Não deseja aquele tipo de aliança.

A reunião prossegue e a conversa desvia para o custo de manter a residência do antigo zelador, no topo do edifício. Há três opções: a volta do zelador e de sua família, com vistas à maior segurança do edifício; a reforma do apartamento

Estudo sobre o fim 73

com a finalidade de transformá-lo num espaço de lazer para os moradores; e, por último, o aluguel do imóvel e consequente abatimento de seu valor das custas do condomínio. Cada um levanta a voz e as falas novamente se desencontram. Em seguida, tem início uma série de conversas paralelas, de onde se ouvem algumas palavras, que soltas parecem um revezamento de lamentações, farpas e ordens. Isso dura um tempo.

É instituída a votação, mesmo sem debate. Levantam as mãos: o profissional de informática, a moradora do térreo e o velho demente, todos em favor de alugar o imóvel. A síndica é a única a votar pela criação de um espaço de lazer. Talvez porque seja a única com disposição física para tanto. A loira de riso abobalhado e o professor de História desejam a volta do zelador, mesmo que isso custe o acréscimo de 250 reais de conta de gás, 400 de luz e muita água, além do risinho cínico da esposa do zelador – a crente petulante que se nega a limpar os apartamentos do Iracema. Muitos pensam exatamente com esses termos, mas ninguém fala. Ah, quando pudessem voltar a dizer certas coisas. Anseiam por se juntar aos radicais, àqueles menos contidos, mas eles ainda têm vergonha. Então a contagem é feita e o apartamento do antigo zelador será alugado tão logo quanto possível. Assinam a ata, estando presentes cinco por cento dos moradores do Iracema.

O professor de História não aceita a caneta bic que passa de mão em mão, toma do próprio bolso uma fineliner e imprime um arabesco sobre o papel. Não satisfeito, reinicia a discussão, agora diretamente com a síndica, tentando disfarçar seu medo com um toque de insolência: "A senhorita (frisa o senhorita) não acha necessário, além dos reforços mecânicos, tomar alguma atitude com relação à empresa de segurança virtual?"

A síndica fecha a cara. Ela não ajuda.

Ele não se faz de rogado.

"Devemos, não devemos trocar a empresa?"

"Talvez."

O professor inspira o ar, sem que se saiba se isso significa gastura ou didatismo. Prossegue.

"Seria ideal reduzir as despesas com o embelezamento do prédio, para voltar os recursos à segurança".

A síndica recolhe as pastas, sem responder.

Ao redor deles, não resta mais ninguém.

Estudo sobre o fim 75

9

Depois do tiro pela culatra, o Magaiver não sai mais do sofá. Desbaratinou. Ouve rap o dia todo, fuma e bebe. Um fumo feito, entre outras coisas, de bosta de vaca e amoníaco. Alemoa não se incomoda nem um pouco, toca o negócio. Aproveita pra expandir. Passa recado pro Conexão: mais bikes, pelo menos duas. Ela vai começar o próprio negócio, usando a infra do Magaiver, ele não sabe, não liga, não tá nem aí.

Conexão responde como se fosse da polícia, ou da segurança: positivo.

Nesse mesmo dia, ele chama o Costela para o novo serviço. O Costela não tem celular, nem endereço certo. Mas de boca em boca, Conexão chega à esquina da Brasil com a Nove de Julho. Há uma turma ali. Bala de hortelã na caixinha de papelão. Costela sentado no canteiro, muquiado atrás de uma flor de palmeira. Os outros três, bem menores que ele. Um deles, o mais velho, especula o interior dos carros, enquanto deixa as balas de modo automático sobre os espelhos. O do meio, está compenetrado na tarefa de carregar sua caixa até o final da fila, um operário. O menorzinho, esse ri numa viagem só dele; esqueceu as balas pregadas nos retrovisores. Nesse mesmo instante, está na faixa de pedestres, na ponta dos pés, acelerando uma moto. O motoqueiro deixa o

Estudo sobre o fim 77

garoto mexer à vontade no guidão. O motoqueiro se diverte. Isso dura nada. O farol abre, os carros saem devagar à espera do moleque, para que ele não perca as balas, pelo menos. O moleque é uma boca arreganhada de euforia, olhos revirados, andar vacilante. Ele tem cinco ou seis anos.

Assim que avista o Conexão, Costela se põe de pé e coloca a mão no pinto. Lembra de checar os trajes, pra mostrar que vem se dando bem nos negócios. Mas hoje é dia de bancar mendigo e não está à altura do chefe. O Conexão tá de chinelo de dedo, mas a camiseta é nova. Tem ali um emblema de futebol, mas o Costela não identifica o time. Perde um tempo precioso pensando nisso, pois devia estar sacando o Conexão. Quando dá por si, o Conexão já propôs o serviço. Faz um tempo que o Costela se ligou que o Conexão tá ganhando em cima dele. Mas decidiu aguardar um pouco, antes de ser chefe dele mesmo. Por enquanto, o Costela concorda com tudo. Agora sem o Sócrates.

Enquanto se aproximava do Costela, Conexão teve uma lembrança do tempo de pirralho: a primeira vez que rodou. Não era muito maior do que esses moleques quando foi para a Fundação. E depois, o primeiro protesto: os chinelinhos nos dedos das mãos, batendo sola contra sola sobre as cabeças. O chinelinho é tudo o que eles têm.

Serviço agendado. Quinta-feira, quinta-feira é um bom dia. Três da tarde, hora morta. Conexão sentia um vazio no peito: era a falta de uma arma de verdade.

10

Após a reunião, a síndica abre uma cerveja. Já é tarde e não há mais nada a se fazer. Pega o celular e lê as notícias. Passa rápido por todas elas, como se zapeasse a tevê.

"*Invasão do Capitólio, nos* EUA. *Seguidores, incentivados por Trump, invadem o Congresso norte-americano para impedir validação da eleição de Biden. Nas primeiras horas da manhã fria de 6 de janeiro, o clima em torno do Congresso americano era amistoso. Por volta das 9h, senhoras ensaiavam passinhos ao som de Macho Man, do Village People, uma mulher distribuía adesivos e um menino lia quadrinhos sentado na grama enquanto a mãe, com camiseta de Donald Trump, gritava palavras de ordem como 'Mais quatro anos' e 'Parem a roubalheira'. 'Há 1 milhão de pessoas em frente ao Monumento Washington', exagerou uma mulher loira de boné vermelho com o slogan trumpista Make America Great Again (Faça a América Grande de Novo), ao indicar o caminho para dois recém-chegados apoiadores do republicano à manifestação em Washington* DC... *Quatro pessoas morreram.*"

Estudo sobre o fim 79

CORO:

Paposerio: Ele tem razão se não fosse o golpe\\ revolução em 1889 ainda seriamos uma monarquia. A nossa tão falada republica democratica começou com um golpe de estado armado.

Ysd1230odoctor: Haha, Biden não vai ter sossego, vamos ver se chega até o fim do mandato.

Tubaraograndao: Lembrem-se do título da matéria! Na próxima invasão do MST ou dos comandados do Boulos, vamos promover um banho? O q acham? É tipo de título q nenhum órgão de imprensa responsável deve publicar!

Barra de rolagem

"O presidente Jair Bolsonaro voltou a dizer hoje de manhã que houve fraude nas eleições para a presidência dos Estados Unidos, hipótese que já foi descartada por autoridades norte-americanas e internacionais. E novamente sem provas, repetiu que há fraudes no sistema eletrônico de eleição no Brasil, teoria que também já foi rebatida no país. O próprio presidente já venceu seis votações no Brasil com urna eletrônica...".

CORO:

Papito: Vc acabou bozo...nao chega em 22...

Verdeamarelo17: No Brasil em 2022 será a reprise das eleições americanas. Manifestações contra o governo promovido pela esquerda, alguma crise ambiental provocada pela esquerda e possível fraude nas eleições. Tudo desenhado. Assim a China vai tomando conta do mundo. Muito bem planejado, aliás. Trump devia ter agido com antecedencia. Dormiu no ponto. Agora não vejo nenhum líder capaz de barrar a china comunista. Já está tomando conta do mundo, com um super planejamento. Parabéns aos chineses. Aliás os asiáticos são mestres em planejamento. Estados Unidos... Já era.

Bombeiro17: O Bolsonaro esta certíssimo. Até hoje não explicaram a "apuração" da eleição em SP. Aquilo é impossível estatisticamente. Uma vergonha.

Prontofalei: Explique você essa estatística impossível. Teoria de Addler ou do Zap?

Barra de rolagem

"Sob risco de perder sua sede, o bloco afro Ilê Aiyê corre contra o tempo para tentar quitar uma dívida trabalhista que, em cifras corrigidas, pode chegar a R\$ 470 mil. Já em fase de execução, o processo foi movido por Adelson Evangelista Santos, que cantou no grupo entre 1988 e 2010."

CORO:
Drdaniel: Está certíssimo, paga o que deve e não explore as pessoas! Foram chamar Daniela Mercury para promover a live?

Barroso: Dividas trabalhistas ??? Exploração de mão de obra ???? Seria similar a escravidão ??? Qual o beneficio traz a nação esse bloco ???

Civilizado: Adorei a notícia! Qualquer ação onde a empresa condenada é gerida por brancos, chovem comentários festejando a "justiça" do trabalho. Esta excrecência é parcial e retrógrada e não perdoa ninguém que ousa empreender neste país. Um cantor vai levar quase meio milhão de reais, é um deboche!

Barra de rolagem

"Dilma reage a deboche de Bolsonaro sobre tortura.

É no palco montado no cercadinho dos jardins do Palácio da Alvorada, cercado por devotos, que Bolsonaro revela seus instintos mais primitivos e debocha das vítimas de torturas durante o regime militar (1964-1985) e de quem espera por vacinas. Enquanto mais de 40 países já iniciariam a imunização de suas populações contra a covid-19, sem dizer quando começará a vacinação no Brasil, o capitão-presidente está mais preocupado em desenterrar o passado."

Coro:

Suzanopirado: Triste o povo acreditar em tanta bravata e depois ver todos seus direitos sociais e trabalhistas serem retirados.....Em S.Paulo o elpeito pela inteligencia maquiavelica do doria, se auto concedeu aumento de 47% enquanto na outra ponta retirava direito a gratuidade nos transportes a quem tem menos de 65 anos.

Cristoenossosenhor: Porque não falam também do que essa louca fez?

Xwkpeta888666: Esse jornal tem mais censura que qualquer órgão do governo. Liberdade de expressão? Democracia? Isso passa longe desse portal. Agora, se for pra falar mal do Presidente ou bem do Lulárpio as portas estão abertas.

Reginaldoobelo: O rx da Dilma poderia ser apresentado junto com a facada. Ambos no Fantástico. O da Dilma existe.

Nsorabo8503: O comunismo é o Cancer da sociedade Moderna onde ditadores escravizam o povo tolhem os direitos básicos e tornam a vida um Horror Isso que não queremos para Ninguém. Viva a Liberdade A fraternidade A igualdade. Viva a Democracia. Viva Bolsonaro Dois anos sem Nenhuma denuncia de corrupção, elevando o sarrafo inatingível para oposição.

Palmeirense17: Tanto japonês bom e inteligente[1], o jornal escolhe o pior que existe. Faço questão de vim direto pros comentários"

A síndica não pensa em nada. Ou melhor, pensa em muitas coisas. Acaba de ganhar um zunido no ouvido.

– Tamo na roça. – fala em voz alta, como se compartilhasse de uma velha cumplicidade com a imagem no porta-retratos à sua frente.

---

1. Nota do editor: o articulista *não é japonês.*

Estudo sobre o fim 83

11

O professor de História tem um jipe grande, que nunca sai da garagem. Na maior parte dos dias, ele dirige o sedan da mulher. Mas naquele dia, o professor de História tinha uma missão a cumprir, como cidadão. Deixou o veículo num dos estacionamentos do centro da cidade, porém escolheu um em que pudesse levar a chave consigo. Era caprichoso com os carros e com a casa. Detalhista, gostava de móveis simétricos. Usava o cabelo curto, barbeava-se diariamente. Ético, respeitava os direitos humanos, e dos cães. Recriminava o envenenamento dos animais. Disse à mãe, já bastante idosa, que ela fez mal em colocar veneno no jardim da casa. Os animaizinhos não tinham culpa. Os humanos, esses sim eram um desastre. Foi quando resolveu pintar alguns dizeres na calçada da mãe: "No bost, aqui no bost" e desenhou, ao lado dos dizeres, um cachorro fazendo cocô.

No entanto, quando o professor de História deixou o carro no estacionamento do centro da cidade, ele não pensava em animais. Na verdade, talvez não pensasse. Sentia satisfação consigo mesmo.

Entrou na loja de armas, cabeça erguida. Mas ninguém o notou. Funcionários ocupados, bom movimento. Teve que

Estudo sobre o fim 85

esperar. Quando chegou sua vez, retirou o porte da carteira e pediu para ver as opções. Não carecia de instruções. Levou o que ele chamava de mínimo existencial: uma espingarda doze polegadas. Lembrou-se do som da recarga, aquilo por si só já faria um vagabundo cagar nas calças.

12

Conexão e Costela, ombro a ombro, descem a rua. Costela ainda pergunta se não seria melhor buscarem outro prédio, se já não estariam manjados na Vila Mariana. Conexão não responde, concentra-se no dinheiro. Pensa que poderia ficar com as bikes e abrir seu próprio negócio. Mas lidar com gente é difícil, mesmo que seja para dar golpe. Alemoa tem tarimba.

Enquanto isso, Tânia está atenta ao monitor. Parece até que veio preparada.

Faz sol, céu aberto, e algumas pessoas passam por eles. Não dava pra esperar outro dia de chuva. Alemoa tem pressa.

Costela insiste na pergunta. Conexão manda calar a boca. Bandido não vacila.

Nesse ponto, eles já surgiram na tela. Tânia se ajeita na cadeira.

Juntos, os dois garotos forçam a porta da garagem, que se abre num instante. A síndica ainda não recebeu o terceiro orçamento, aquele do reforço das peças.

Tânia tem o botão sob o dedo indicador. Basta acionar.

Eles descem a rampa na correria, conhecem o ambiente. Mas o Costela está se borrando. Conexão finge não perceber. Se eles rodarem, dessa vez será pra valer, cadeia, no caso dele.

Estudo sobre o fim 87

Mas no fundo até cultiva uma vontade de topar com gente grande, gente que vai passar cartilha pra ele.

Naquela semana receberam o salário. Tânia afastou o pensamento do dinheiro. Precisava se concentrar. Wagner Moura. Sentiu uma fisgadinha. Não, não. Tinha de ser mais real. O Everton. Mas sempre ele? É, sempre ele, fazer o quê? Disse para si mesma. Evocou a mala do Everton. Ele costumava usar calça e cueca justas, com a bagagem toda pra cima. Será que fazia de propósito? Tem homens que fazem assim, simulando uma ereção constante. Sentiu uma fisgada mais forte, logo começaria a latejar.

Conexão, firme, escolheu uma bike. Costela teve um segundo de dúvida.

Tânia mordeu o lábio, quase se contorcendo na cadeira. Precisava ser discreta. A pergunta mais certa: queria ser discreta? Era mais gostoso quando não estava sozinha. Mais perigoso, também. Everton jogava no celular, na baia em frente à dela. Sentiu que poderia gozar dessa vez. Seria mais importante que seu emprego.

Apesar da hesitação, Costela catou a bike mais cara, mas ele não tinha ciência disso: uma speed vermelha, de aço carbono. Conexão demorou a desatar uma corrente (sim, os moradores tinham se precavido) e quando finalmente conseguiu libertar a mountain bike preta, o professor de História despontou no portão da garagem, com seu carro-tanque.

Tânia fechou os olhos.

Conexão largou a bike preta e correu para trás de uma pilastra. Costela, ao pé da rampa, estava encurralado, não tinha como sair. O professor de História acelerou o carro contra seu corpo. Foi mais susto do que batida, mesmo assim

Costela caiu de lado com a bike por cima. Imediatamente o professor acionou o portão e fechou a garagem.

Os meninos eram dois, eram jovens e eram espertos. No entanto, o homem tinha um escudo, o carro; e uma sede de calar o mundo ao seu redor.

O Costela ainda se desvencilhava da bike, quando um tiro potente, um tiro de muitos jaules veio em sua direção. Mais um pouco e a garagem pegaria fogo. Nesse instante, Conexão se mijou todo e continuou atrás da pilastra. Não parava de tremer. O professor de História prosseguiu na caçada, sem olhar o estrago. Havia outro rato no ambiente. Ele podia sentir seu cheiro. Odor de carne preta, carne estragada. Ele sabia exatamente onde atirar. E atirou.

Tânia teve um orgasmo prolongado. Estava exausta. Foi ao banheiro e na volta apanhou um café.

O professor de História teria um enorme trabalho dali em diante e era apenas isso que o aborrecia.

Já naquele momento, um cheiro de morte subia pelos andares do Iracema, mas somente o faxineiro desceu à garagem. Depois dele, dois moradores também desceram. Um deles chamou a polícia, o outro levou às mãos aos ouvidos e começou a murmurar palavras sem sentido.

O faxineiro tinha apenas vinte e dois anos e trabalhava naquele prédio há três meses, mal deu tempo de decorar os nomes dos moradores. Ele foi o único, além do Professor de História, a chegar perto dos corpos e verificar que Conexão ainda estava vivo. Em seguida, ainda lívido, avisou a síndica sobre o ocorrido. A síndica não estava no prédio, mesmo assim foi a única a se lembrar de chamar o serviço de emergência.

Estudo sobre o fim 89

13

Levou mais ou menos cinco dias para Alemoa ter notícias do Conexão. Foi um pivete, irmão dele, que contou a ela. Conexão ficara surdo. Quando melhorasse dos outros ferimentos no centro de detenção provisória, seguiria para um presídio maior. Muito provável que o soltassem antes do julgamento. "Você tem um dinheiro aí pra nóis?" O menino perguntou sem a encarar, enquanto rabiscava o próprio braço com uma caneta apanhada sobre a mesa de lata, a mesa de trabalho da Alemoa.

Ela estalou a língua atrás dos dentes e mandou o moleque vazar.

Em vez de ficar bravo, ele sorriu. Estava disposto a insistir. Continuou a rabiscar a própria pele com a caneta.

Alemoa fingiu vaculhar uma pasta, mexeu no celular.

"Deixa eu ver, o que você tá desenhando aí?"

O pivete devolveu a caneta sobre a mesa.

"Lá em casa tá todo mundo ligado que meu irmão fazia serviço pra moça. A moça não pode dar um dinheiro?"

Alemoa sempre soube que não é fácil se desvencilhar de um conluio. Metera-se até o nariz. Agora, teria de ser pior que eles, senão seu lugar estaria ameaçado. Ainda assim, sa-

Estudo sobre o fim 91

ber das coisas não a impedia de estar cansada. Por isso bufou antes de responder.

"Aí, moleque. Arranja umas bikes, que eu pago. Ei, aqui não é cofre de banco, entendeu?"

Ela puxou uma nota de dez da pochete e a lançou sobre a mesa de lata.

"Taí, um incentivo pra família. Quando trouxer a magrela, leva mais vinte, porque hoje eu tô boazinha. Agora rapa fora."

O moleque apanhou a nota e correu como se não fosse mais voltar.

14

A equipe de resgate teve que recortar a camiseta do Costela ao meio, entre as palavras "planos" e "para você". Onde estava escrito "Jesus", fez-se pó, fuligem. A paramédica olhou o Costela por um instante. Seria mais um daqueles casos perdidos?

15

Tânia é uma mulher florescente.

Durante muito tempo, morou sozinha num quarto alugado, de nove metros quadrados, no bairro do Cambuci. O cômodo tinha paredes encardidas e ficava no andar térreo de um cortiço. Tânia dividia o espaço com alguns poucos móveis de madeira escura, que outrora já haviam servido a outras moradoras como ela, mulheres solteiras ou separadas, que achavam necessário passar o cabelo na chapinha e fazer as unhas a cada quinzena.

Tânia gostava do quarto, sentia-se confortável em sua solitude. Além disso, aquele aposento tinha algo de constrito, como o seu caráter, capaz de a absorver em si mesma. Ademais, Tânia não tinha muitas preocupações, pois ainda não se atentara à passagem do tempo. Se havia algo para cuidar, eram as plantas carnívoras que cultivava em vasos arrumados sobre o peitoril da janela.

Em contraponto às cores vibrantes do paisagismo particular de Tânia, compreendido por dioneias, sarracenias e utricularias, através da janela via-se uma corda preta e sebenta que servia de varal às roupas dos moradores do cortiço. Tânia jamais se demorava diante dessa vista; gostava de pensar que os vasinhos ali dispostos demarcavam a fronteira de

Estudo sobre o fim 95

seu mundo. Há pessoas como ela, que se protegem, em parte porque são distraídas, em parte porque são felizes ou de natureza inocente. Talvez nenhuma dessas palavras sirva para explicar a natureza de Tânia.

Do seu um metro e quarenta e cinco de altura, Tânia nunca se entristeceu, a não ser na condução pública, por conta da barra de apoio presa ao teto. Seus membros, proporcionais e bem formados, até lhe davam orgulho. Quanto ao próprio rosto, ela sempre gostou da covinha do lado esquerdo da bochecha e de seus lábios delicados. Mas, como não era muito observadora, nunca sabia das coisas antes que alguém lhes dissesse, nem mesmo quando o assunto era ela própria.

Foi assim que sentiu verdadeiro pavor quando se deu conta, certa vez, ao ouvir uma conversa do seu patrão, Marc, com o encarregado: eles se referiam a uma anã, e a anã era ela.

Onde estivera esse tempo todo que não havia notado?

Chegou a comentar o caso com uma colega, que deu de ombros: Tânia, você não é anã. Não se convenceu.

Ruminou essa informação, ao que parece em estado de choque, por longo tempo. Não sabia exatamente que decisão tomar. Ora, lembrou-se em determinado momento: não havia prestado atenção ao fato de seus cabelos serem crespos até alguém lhe falar, tampouco imaginava que aquilo pudesse ser ruim até compreender o comentário de um colega no trabalho: "há mulheres que precisam alisar o cabelo, não tem como". Não tem como. Não tem como. Ela ficou pensando em quais, quais mulheres eram essas que deviam obrigatoriamente alisá-los. Seria ela, uma dessas mulheres?

Com o tempo, esqueceu tais questões. Na verdade, não esqueceu. Apenas guardou-as em algum lugar dentro de si;

primeiro, com vergonha do colega, do patrão e do encarregado; depois, com ódio, e não saberia dizer se o ódio era endereçado a si mesma ou a eles.

Mais ou menos por essa época, Tânia desenvolveu duas obsessões. A primeira começou nos dias de folga do trabalho, quando passou a pintar pequenas porcelanas numa bancada improvisada em frente à sua cama.

Olhando à distância, as pinturas assemelhavam-se a delgadas flores orientais; de perto, via-se o que realmente eram: frases transcritas de banheiros públicos. Com letra delicada, feita com um pincel finíssimo, Tânia emprestava suavidade e beleza a palavras duras e chacotas irreprimíveis. Aquelas frases em torno de uma privada, ela pressentia, eram a mais autêntica expressão do ser.

A segunda obsessão também estava ligada à arte. Tânia passou a se masturbar diante dos filmes policiais e logo depois perante a tela do computador no trabalho.

A princípio, não havia relação entre os acontecimentos, a porcelana, a conversa do chefe, o lance entre a tela e sua vagina. Entretanto, tudo veio num crescente.

No dia do incidente no Iracema, Tânia foi punida por negligência: perdeu o emprego por justa causa; se bem que ninguém imaginou que ela pudesse ter ido tão longe.

A partir desse momento, Tânia parecia abandonada à própria sorte. Isso foi o que Marc pensou, não sem degustar de certa satisfação. No entanto, ele se enganara.

Ao longo do tempo em que trabalhou na empresa de Marc, Tânia ficara íntima das câmeras. De algum modo que não se pode explicar, sua natureza constrita combinava com

Estudo sobre o fim 97

o mundo virtual. Assim, com muita naturalidade, ela postou seu primeiro vídeo numa rede social: imagens de suas porcelanas acompanhadas do Noturno n° 2 de Chopin. E gostou. Suas mãos e coxas apareceram no vídeo e isso chamou atenção, a sua e a dos expectadores.

Algum tempo depois, Tânia tomou uma medida ousada para alguém até então introvertida como ela: aprendeu a valorizar as melhores partes de seu corpo, e alcançou outro patamar de visibilidade, publicando vídeos de faxina sensual e fetiches; depois, deu nova guinada a seus negócios: passou a ministrar cursos e minicursos de como ser bem-sucedida fazendo vídeos de faxina sensual e fetiches. A expansão parecia infinita. A não ser, é claro, a insistência de alguns clientes, que lhe causavam calafrios. Um deles, miseravelmente afoito, a assustava além da conta, não por nada, mas porque tinha dez anos de idade e um problema na língua, algo relacionado a um acontecimento na chácara dos avós em Atibaia, algo como uma bactéria, que lhe deixou a língua escura – ele tentou lhe explicar durante uma videochamada, mas a internet caiu justamente naquela hora, e nunca mais nenhum dos dois tocou no assunto.

16

"Código Penal
Art. 25 – Entende-se em legítima defesa quem, usando mode-
radamente dos meios necessários, repele injusta agressão, atual
ou iminente, a direito seu ou de outrem."

O professor de História em seu dia a dia, perante a sociedade, age com moderação. Professor correto, profissional
aplicado, casado há dez anos com a mesma mulher. Nas foto-
grafias aparece sempre asseado, sóbrio e com roupas discre-
tas. Costuma pagar em adianto os impostos do automóvel
e do apartamento. Registrou a empregada doméstica assim
que a lei ordenou. Tem críticas, como todo cidadão, à administração do país pelo Executivo. Tem críticas ao modo
como determinadas pessoas levam sua vida. Educado, sim.
Guarda uma flanela no porta-luvas do carro, para pequenos
incidentes. Uma vez por mês, ajuda na distribuição do sopão
nas ruas da cracolândia em São Paulo. Sem antecedentes cri-
minais. Bom vizinho. Jamais promoveria uma chacina dentro da garagem do seu prédio.

Essas informações sobre o professor de História, acres-
cidas do testemunho do faxineiro e de outro morador do
Iracema, em decorrência do episódio na garagem do prédio,

Estudo sobre o fim 99

compõem um documento de 735 k, arquivado em uma pasta com o número do processo e ano, pasta que por sua vez está dentro de outra pasta, e mais outra, e mais outra, todas alojadas dentro de um diretório, no sistema; sistema por sua vez armazenado no servidor, e por fim, na nuvem, ó céus, numa estreita fatia de satélite.

Descanse em paz, Costela: 25 de dezembro de 2006 – 13 de maio de 2019.

Na vala comum não há placas, nem velas. Nem mãe. Essas datas são imprecisas: suposições da síndica ao assistir novamente à filmagem do primeiro furto. Por ocasião do segundo crime, a polícia tomou posse das imagens, mas as câmeras não puderam mostrar tudo, pois Marc não supervisionou de perto sua colocação, de sorte que elas não cobriam todo o território da garagem.

Acontece que agora a síndica renunciou ao cargo e mandou trocar a fechadura de seu apartamento. Em breve, haverá nova eleição e a mulher do riso abobalhado já espalhou a notícia de que irá disputar a vaga contra o técnico de informática. O professor de História manifestou intenção de voto em favor do morador da cobertura, ao passo que a batedora de carros está propensa a eleger a loira do riso abobalhado. Talvez o velho demente desempate a questão. Talvez o professor de História não compareça à reunião.

Independente do pleito, teve início a implantação das clausuras: além da entrada principal, haverá outras nos dois andares de garagem. Não será uma obra barata. A síndica, que agora não é mais síndica, pensa a todo instante como os velhinhos do prédio vão se virar, apesar de seus carros de câmbio automático; como eles se comportarão ao volante na clausura montada sobre a rampa da garagem? Há algo de obsceno nisso.

17

Mas e o Pontes?

Magaiver gostaria de saber.

Ele e Alemoa brigaram. Não era a primeira vez que isso acontecia. Ela retornaria, sempre retornava. Magaiver repetia isso a si mesmo, enquanto apertava o pinto e assistia ao reality na televisão. Adorava ver aquelas meninas seminuas na piscina da casa. Um dia ele teria uma piscina daquelas, com loiras boazudas tomando Piña Colada... E esse pensamento se cruzava com o sobrado na Vila Mariana, ele e Sol com os filhos. Dava para ser feliz. Só precisava acertar algumas coisas. Uns lances aí. Precisava ligar pra Alemoa... E por que diabos seu celular estava sem internet? Levantou-se irritado, verificou o roteador: não funcionava. Desgraça, ligar para o plano, para o Dentinho, que fazia essas paradas tecnológicas pra ele. O Dentinho explicou os detalhes: ele falou bem claro: "Magaiver, agora cê tá fodido, meu irmão".

Alemoa clonou CPF, plano de internet. Alemoa deve estar plantada em outra sede, sentada sobre outra cadeira de lata, ganhando dinheiro bravo. "Cê tá entendendo?"

Magaiver segurou o pinto de novo: "fela da puta, vagabunda, alemoa do caralho. Porra! Porra!".

Estudo sobre o fim 103

Magaiver se mandou pra baixada e passou mais de uma semana fumando e bebendo num quartinho da vó do Dentinho. A velha tinha um cavanhaque branco de pelos esparsos e morava no Vera Cruz, em Mongaguá. A casa da velha contava com um portão de ferro na frente. Quem abrisse o portão, passava por uma longa extensão de terra com capim alto até chegar à construção propriamente dita, pintada de laranja claro, com uma janela gradeada e a porta lateral escondida por uma pequena área destinada à lavanderia. O telhado cinzento abrigava uma caixa d'água azul com letras brancas, onde se lia a mesma marca das caixas espalhadas pela vizinhança.

Ao longo da primeira semana, o Magaiver aproveitou para brisar a cabeça: ele se esparramou feito um paxá sobre a cama de armar no quartinho que dava vista para o quintal vizinho. Gozando apenas da companhia dos pernilongos, que venciam facilmente as espirais de citronela espalhadas pelo chão, Magaiver passava a maior parte do tempo olhando para um ventilador sem a gradinha de proteção, ao lado da cama; nas horas restantes, fitava o baú carcomido que servia de armário. De vez em quando, batia-lhe uma saudade não sabia de quê, pois tivera uma infância ruim e não havia nada para lembrar que realmente importasse. Mas isso não era verdade. Talvez aquilo fosse uma espécie de nostalgia. A Solange lhe explicara que nostalgia era diferente de saudade. Ela se complicou um pouco para explicar, porém ele compreendeu que seria uma sensação de que a gente não pode voltar a um determinado tempo; geralmente esse tempo tem a ver com uma época de esperança ou de quando éramos outra pessoa. Taí, de repente era nostalgia mesmo. Ou até uma lembrança do Lusco-Fusco, que foi quem primeiro lhe falou do litoral.

Lusco-Fusco era um playba da ZL, metido entre a turma do Magaiver. Às sextas-feiras, depois do almoço, descia no ponto da avenida em direção à boquinha, fumava um e contava umas paradas que ilustrava o mundo para os moleques de nove e dez anos. O Lusco-Fusco já devia ter uns dezesseis quando apareceu pela primeira vez na Vila Prudente, mas como tinha um atraso que lhe enrolava a língua e as ideias, costumava andar com os mais novos, que por sua vez, quando cresciam, largavam ele pra turma subsequente.

Já o Magaiver, desde novinho, era tomado pelo sentimental, e por essa razão não demorou a se afeiçoar ao Lusco-Fusco. Desse modo, ao contrário dos outros, prosseguiu sem descontinuar a amizade. No entanto, não era uma questão de pena que o prendia ao amigo. Lusco-Fusco era o único moleque da turma que tinha casa na Vila Caiçara e quando acabava o verão voltava para a boquinha, contando da praia, do pôr-do-sol e dos casais transando na areia. Nessa hora começava o ritual, os moleques todos com as mãos dentro da bermuda e depois já com tudo pra fora.

O Magaiver, com o passar dos anos, já nem ligava tanto para as histórias dos casais na areia; era mais porque aquilo tudo lhe trazia outro mundo, um mundo até mais interessante que o da televisão. Um mundo para criar cenas na imaginação: os nomes das praias, as garotas, uma história de vida que ele contava a si mesmo e na qual ele era o personagem principal. Aí chegou um verão qualquer e o Lusco-Fusco voltou da praia doente. Ficou internado. Todo mundo esperando. Nada de sair do hospital. Até que fez a passagem. O

Estudo sobre o fim 105

Lusco-Fusco apagou-se de vez. E logo depois veio o fiscal da prefeitura; entrou nos barracos, nas construções de alvenaria, em tudo quanto era lugar, com borrifador de veneno e um papelzinho colorido com uns dizeres, era pra ninguém ali deixar água parada. O Magaiver ficou paranoico com essa história de água parada e mosquito. Na verdade, foi aí que ele virou Magaiver, pois deu um jeito de enxugar a laje da tia com um secador de cabelo.

Bem possível que o Magaiver não se desse conta de todos esses pensamentos enquanto se estirava na cama feito um paxá, na casa da velha. As ideias se embaralhavam no meio da fumaceira que se tornara sua cabeça.

Quando encontrava forças para se levantar, fitava pela janelinha do quarto o quintal do vizinho: um pedaço de terra feio e vazio, exceto pela presença de três ou quatro tábuas encostadas no muro embolorado, todas já bastante molhadas para terem serventia. Enquanto Magaiver olhava aquele cenário cinza e marrom, a velha fritava manjubinha. Depois, ela saía pra buscar cerveja com o dinheiro que o Magaiver lhe dava e servia os filés com espinha num banquinho alto e bambo ao lado da cama. O Magaiver ficou entocado ali enquanto resolvia o que fazer.

A velha não era de papo, pois há tempos recebia hóspedes como o Magaiver – complemento à pensão do INSS. O Dentinho, por seu lado, era um cara reservado e não contou nada a ninguém. Os clientes da empresa de Magaiver se debateram à procura de solução. E todos, ou quase todos, acabaram na porta da Alemoa, que ofertou uma comissão ainda mais apertada. Era pegar ou largar.

Assim, na boca grande, sentenciaram: o Magaiver pirou de vez. Enquanto isso, na real, o Magaiver tragava o beck com uma das mãos, a outra no pinto, e pensava no Pontes. O que o Pontes faria em seu lugar? Certo dia, o Magaiver se levantou e foi até o portão da rua. Viu aquele sossego, o morro verde ali adiante, o asfalto velho coberto de areia, a planície se estendendo até o mar, que ele adivinhou. Uma semana e ele não tinha visto o mar. Decidiu caminhar, nem avisou a velha. A poeira já havia baixado. A poeira sobre seu nome e os acontecimentos. Pelo faro, identificava os outros negócios tocados por ali, região forte, promissora, dominada e dividida. Mas sempre há campo para expandir, começar vida nova. Atravessou a grande avenida, que também servia de estrada. Sentiu a brisa, era o mar. Caminhou até ali descalço, magro, só de bermuda. Já despontava uma pontinha rosa no céu, na altura do horizonte. Lembrou da letra de um rap, encarou o mar. Nada de droga, nem celular, aplicativo. O negócio agora era um hotel. Na esteira do Pontes, ele deveria andar. Se o Pontes mudou de cidade e de negócio, ele faria o mesmo. Ali na baixada, um hotel pra receber os maluco que nem ele, os foragido, os que precisam de abrigo, os verdadeiros heróis, pensou.

Chamou a velha para trabalhar pra ele. "Vamo expandir isso aqui, tia".

A velha tava assistindo televisão. Olhou para o Magaiver por um instante e voltou-se para a tevê. Era seu modo de dizer que não desejava partilhar seu mundo cansado com aquele malandro. Mas dava pra ver no seu rosto, ainda havia vaidade ali, dessas que transformam uma mulher de sessenta e muitos, vestindo short largo de gorgurão, regata estampa-

Estudo sobre o fim 107

da com flores e sapatilha mole, em uma mulher rebocada de sessenta e poucos, usando calça legging e batas leves com babados e colares de pedras, sandália, batom vermelho, chapéu de praia, unha pintada. Uma transformação que a tiraria da frente da tevê e a levaria a transar freneticamente com o salva-vidas num cafofo montado somente para isso. Afinal, ela tem vida (ainda).

Talvez esse quadro, exatamente com essas cores e medidas, tenha passado pela cabeça da velha sem que ela mesma percebesse, porque logo depois ela tirou os olhos da televisão e sorriu para o Magaiver.

18

"Detenção por furto qualificado, pelo prazo de dois anos, com possibilidade de redução".

Conexão tem mais de um ano pra pensar na vida. Mas ele já pensou.

Ganhou novas marcas no corpo. Por enquanto, sente raiva, mas depois as marcas se tornarão sinal de orgulho para ele. Um sobrevivente.

Está prestes a entrar para a maior escola de todas. Ele pressente. O homem-cárcere-vê-o-que-os-outros-não-veem.

O cheiro da cela secará seus lábios. Aprenderá: negociação e diálogo é privilégio, retórica e distorção. Quando sair, será um novo corpo-máquina, munido da disposição de quem há muito não teme pela própria vida.

Ele não se importará, simplesmente isso. Está pronto, quase pronto para recomeçar. Só precisa de outro nome.

Estudo sobre o fim

19

Faz dias que o Natan anda no encalço da Sol. Tira fotografia, documenta. À noite, envia as fotos para o Magaiver, com relatório e tudo: Sol tá deprê, Sol fumou um depois do almoço, Sol faltou na escola.

A todo momento, o Natan confere sua estratégia de ver sem ser visto.

Quase sempre, ele aproveita enquanto a Solange devora a marmita, recostada na parede de um comércio falido, e começa a rabiscar um poema. O Natan é todo lírico e quase sempre escreve sobre o amor.

Ao longo do dia, a cada entrega da mina, Natan completa o poema.

No final da tarde, já tem o poema pronto. É sempre um poema novo, mas a rigor é sempre o mesmo poema. Entretanto, hoje Natan se depara com uma surpresa que suspende sua poesia antes de completar o último verso do último quadradinho: Natan finalmente descobre o que Sol anda fazendo.

Como se pressentisse algo, ao tocar o inteforne de um prédio, ela se volta e olha ao redor.

Ele dá um passo atrás, procura se esconder entre a bike e o poste. Bobeira. Ele a perde de vista.

Estudo sobre o fim 111

Fica bolado. Mas a bem da verdade, não se lamenta pelo acontecido.

Pode crer: faz mó cara que tá envolvido nos particular do Magaiver. As ideias se juntando na cabeça. Silêncio. Balança a perna, agitado. Percebe e na mesma hora para de balançar a perna.

Foda-se.

Senta-se na esquina, pensativo. Um homem, aparentemente voltando do trabalho, o encara de viés. Foda-se, otário. Fo-da-se.

Não demora, Natan acende um careta, dá vários tragos; fica tonto, fica em paz. Aí sim, apanha o celular. Lê o poema do dia. Não sabe se gosta, precisa de um final massa. Em seguida, dá uma sapeada no prédio à sua frente – o prédio onde, tudo indica, Solange passará a noite. Fo-da-se. Repete em voz alta, várias vezes, pois está se convencendo. Desbloqueia a tela do celular mais uma vez e, na moral, apaga as últimas fotos.

20

Faz frio em Atibaia, três graus abaixo da temperatura de São Paulo. No bairro alto e distante, na entrada do conjunto de condomínios residenciais Mont Blanc, paira uma fina camada de gelo sobre a cancela em frente à guarita de segurança. Ainda é cedo, antes das nove, e apenas dois ou três corpos atléticos correm, vestidos com shorts e camiseta coloridos, ladeira acima. Marc repara nessas coisas antes de passar pela cancela. Ele usa óculos de sol e um agasalho leve, engomado. O tênis branco com o qual acelera o veículo também tem um aspecto novo, pois só sai do closet aos finais de semana, para ir à Casa da Santinha, nome dado à sua residência de temporada, em homenagem à sua finada mãe.

A mulher de Marc já está na casa, com alguns convidados, que chegaram na véspera. Aguardam Marc na grande varanda envidraçada, ao lado do jardim. O café está posto. Da chaminé, sai um rastro de fumaça e aquilo encanta o espírito de Marc. Nesse dia, verá o neto e o sobrinho-neto. Dois garotos rechonchudos e espertos, muito espertos. Um deles ou os dois juntos, talvez, dará seguimento aos seus negócios, em algum momento no futuro. Às vezes, Marc imagina um deles formado em Administração, com MBA, e o outro, um gênio da tecnologia. Poderão expandir sua pequena e bem-sucedi-

Estudo sobre o fim 113

da empresa de segurança e levar seu nome ao topo. Não, definitivamente não. Marc ri de si mesmo, ele é mais modesto. Estaria contente de ver os garotos trabalhando na empresa, com tecnologia avançada, automatização completa. Marc é de uma geração que cresceu assistindo à Star Trek na televisão, durante as longas tardes de sua infância num apartamento no bairro do Paraíso, próximo ao Círculo Militar de São Paulo. Marc tem fascínio pelas invenções humanas e lamenta-se não acompanhar o desenvolvimento da tecnologia: nesses anos todos, esteve ocupado demais em administrar os negócios, em lidar com gente de toda espécie. Agora, tudo parece mais fácil, a tecnologia tira esse problema da frente, o problema chamado "pessoas". Por certo, seus netos seriam melhores que ele e encontrariam um mundo mais adequado para viver.

Ao sair do veículo, Marc pisa num toco de cocô, pelo tamanho deve ser do York minúsculo, que pertence à sua mulher. Aquilo o desagrada e ele não consegue retribuir o sorriso dos convidados através do vidro da varanda. Irritado, limpa os pés na grama e se sente constrangido pelo fato de ser observado pelos outros, sobretudo por se tratar daquelas pessoas.

Quando entra na casa, ainda carrega o semblante acanhado, devido ao incidente. Olha para todos, como se se desculpasse de algo, ou pior, como se não desejasse receber visitas. Num instante, as mulheres escolhem uma desculpa, um motivo, ou melhor, escolhem um elogio em forma de brincadeira para quebrar o gelo de sua chegada. Oferecem-lhe uma xícara de café e ele as cumprimenta com um ensaio de sorriso, como se estivesse cercado de crianças, com as quais se deve ser amável mas nunca semelhante.

O tempo de Marc entre os convidados é o tempo de entornar a xícara de café, sem mesmo se sentar. Em seguida, segue para o quarto, de onde telefona à empresa e o funcionário de plantão reporta um resumo das câmeras e chamadas daquela manhã. Sem novidades. Há um documento da Justiça sobre sua mesa no escritório, referente ao processo do Edifício Iracema, mas o funcionário acha melhor não comentar nada a respeito. O garoto parece eficiente, muito embora tenha apenas dezesseis anos. Foi bem indicado, é cristão e responsável. Esse network com os pastores da evangélica pode resultar em boas ovelhas. Marc gosta de pensar assim. No entanto, precisa se desligar do trabalho, o que é bastante difícil para um homem da sua posição.

Apesar das visitas e do York, o final de semana pode ser bom. Olha-se no espelho, até que vai bem. Lembra-se do motivo principal de sua estada: com disposição jovial toma o caminho da oficina, nos fundos da propriedade.

A oficina é um pequeno caramanchão, equipado com ferramentas de um lado, e de outro, uma cozinha perfeitamente organizada, com sua mais recente produção de cerveja. Tudo está no lugar. Hoje é um grande dia. Deveria degustar sozinho? Os convidados, com certeza, não saberiam, nenhum deles, nenhum, apreciar, sobretudo as mulheres que nunca gostam de cerveja. Futebol e cerveja são duas coisas que fazem delas serem menos interessantes. Quer sorrir desse comentário mental, mas o máximo que consegue é mover as bochechas de um jeito que elas apenas se contraem e depois voltam ao estado de inércia. Para de pensar nessas bobagens e se concentra, chegou o dia de engarrafar e gelar. Apanha a coleção de garrafas encomendada com seu rótulo

Estudo sobre o fim 115

preto, vermelho e dourado, a cabeça de um búfalo ao centro, e as letras serifadas, de um jeito nobre e antigo, não, na verdade, tradicional. Encontrou a palavra, tradicional e forte. Marc One.

Marc passa a manhã toda engarrafando a cerveja. Rejeita até a ajuda da empregada. Prefere distância com relação às visitas.

À tarde, após o almoço, Marc adormece na cadeira da área externa da varanda. Ao seu redor, como se reverberassem no seu sono, conversas sobre os cantores sertanejos e os novos astros do reality show. O York está no colo da dona, que toma um cálice de creme irlandês. A casa fica no ponto mais alto do condomínio, pujante sobre um platô e embelezada pela presença de uma pedra da região, que não foi removida durante a construção da residência. Marc pensou em retirar a pedra, mas o arquiteto o convenceu a deixá-la ali, como parte da paisagem. Marc admirou-se quando o arquiteto comentou que ele, sim, ele, Marc, também fazia parte da paisagem.

21

No dia seguinte, as visitas pegariam seus carros e voltariam para São Paulo. Teriam comido e bebido às custas de Marc e falariam mal de alguma coisa. Mas isso era inevitável, ele tinha ciência. Teriam degustado a primeira safra da Marc One, embora não fizessem jus a esse merecimento.

Contudo, muito antes disso, desde a quinta-feira, quando a esposa de Marc chegou com seu neto e o sobrinho-neto, alguém fez seu trabalho silenciosamente. Um trabalho de expansão. Porque a natureza também vive de expansão e contração. Organismos expandem e contraem, como o cosmos, a vaidade e o orgulho.

No meio da estrada, entre São Paulo e Atibaia, surge o primeiro sintoma dentre as visitas.

Ao mesmo tempo, no recanto da Santinha, Marc começa a sentir-se indisposto. Algo está fora de controle.

Natureza, ciência, o mundo é maior que a Marc One.

O neto de Marc brinca na sala aquecida. O garoto é curioso, como quase toda criança. Ninguém sabe de seu segredo, somente o primo. Um balde de cerveja fermentando, um balde destampado, dois garotos sondando o brilho escuro do líquido proibido. Um dedo alcança o líquido e em seguida vai até a boca. Mais uma vez. E outra.

Estudo sobre o fim 117

Garotos e bactérias sempre conviveram. Garotos e bactérias são o futuro. Expansão, multiplicação – parque de diversões. Não há contenção suficiente. Há seres desejantes, só isso, antes de tudo.

22

O professor de História abre a porta do 2ºC. Ensino Médio. É uma sala de aula moderna, com paredes revestidas de madeira clara, carteiras despojadas em semicírculo. No centro, com certo recuo, sua mesa, confortável, ergonômica. Numa das paredes, a lousa verde, muito nova, sinaliza respeito e gratidão pelo mundo analógico; mas quase ninguém escreve sobre sua superfície, a não ser ele, o professor, e as crianças do fundamental, quando por acaso entram ali, cheias de energia para executar um rabisco secreto. Sobre sua mesa, um terminal de computador e um controle remoto que permitem acesso a todo o conhecimento possível. Na tela fina que desce do teto e se movimenta conforme a necessidade dos alunos, o professor reproduz palavras e imagens. Muitos profissionais dariam um rim para trabalhar ali.

Passa o olho de relance sobre a turma. São dez garotas e sete meninos, todos de classe média, com exceção do Jorginho, que tem bolsa integral. Ele sabe: seu sentimento sobre a turma aproxima-se do ranço. Não vão passar no vestibular, apesar de seus pais gastarem os tubos. Ainda não abriu a pasta sobre a mesa e sente o cheiro de cigarro impregnado nas roupas de alguns garotos, ou pior, de algumas meninas. Está arrependido de ter saído de uma escola tradicional para

Estudo sobre o fim 119

esta outra, para a qual há vários nomes, mas ele só consegue chamá-la de pedantista. Além disso, nota como os outros professores o observam enquanto caminha pelo pátio, embora sejam demasiado educados para comentar qualquer coisa. Sabe que não teria passado no processo seletivo caso o diretor não fosse seu amigo. Sabe também que o amigo não teria mexido os pauzinhos caso não soubesse do estado de sua esposa.

Apesar de sentir um certo fastio, limpa a garganta e começa a aula. Tenta um tom monocórdico para disfarçar seu desagrado e as reações diante das perguntas que se sucedem. Não pode se trair, mas aqueles jovens fazem o que fazem de propósito.

Muita coisa aconteceu desde o episódio na garagem. Houve um juiz que quase o pegou, mas sempre existe a chance de cair em outra vara e encontrar um cidadão mais à antiga, respeitável. Foi o caso. A síndica sapatão abandonou o cargo e em seu lugar assumiu um síndico profissional, desses que recebem salário e não moram no prédio. Um fiasco, para dizer a verdade. Mas ainda assim é melhor do que se deparar com aquela mulher com cara de homem, aquela mulher que o considera um ser inferior. Uma criança brincando de macho. Se ela queria ser homem, ele podia dar um jeito.

Respira devagar, precisa ter calma.

O conteúdo da aula: o governo de D. Pedro II. Gosta do tema, admira o monarca. Mas dessa turma, ele pode esperar tudo.

Começa a fazer perguntas – como rege o método da escola. Gostaria de explanar sem precisar se curvar diante de toda sorte de bobagens, comentários idiotas; em outras palavras, sem precisar se defrontar calado com a insolência de quem pensa saber tudo.

Outra coisa que o mortifica é a tecnologia: plataformas, programas, interfaces. A chamada, ele lança no sistema, bem como a avaliação, sua e dos alunos, sua e de seus pares, do coordenador, do diretor, dos pais e dos vizinhos dos alunos, dos avós e dos ancestrais. Programa de notas, rendimento, análise de dados. Nada disso tem a ver com História. E querem mudar a História. Vejam só.

As garotas começam a responder às suas perguntas. São sempre elas as mais estudiosas; desse mérito não pode furtá--las. Tenta uma provocação, como seria o Brasil se ainda fosse uma monarquia. Então cobrem-no com uma avalanche de frases prontas, parecem todas vindas de um programa eleitoral de segunda categoria (o que lhe pareceu um pleonasmo, mas deixe pra lá). Não consegue repreender o cinismo que lhe vem do fundo do estômago, mas trata de pensar (para seu desafogo) que aquilo poderia ser compreendido como certo ar professoral e apenas isso.

Em determinado momento, acredita que se safou. Mas então uma frase o atinge em cheio, perfura seu cérebro com a mesma determinação das balas que tornaram fuligem o jesus da camiseta do Costela.

O nome dela é Nicole, nome estapafúrdio, cafona. Ora, já deu aulas a dezenas de garotas com nomes horríveis, emprestados do estrangeiro, com letras dobradas. Porém, no caso dessa garota, tudo soa pior. Não gosta do seu rosto, do seu ar, da sua atitude. Ela faz um discurso raso sobre as elites, a monarquia, as guerras e vai parar em Napoleão. Ele reage. Ele comenta sobre como o lulismo afundou o país, como Pe-

Estudo sobre o fim 121

dro II era um homem à frente de seu tempo, ilustrado. De repente, percebe que levantou a voz e alguns meninos estão espantados, enquanto outros querem brigar, avançar sobre as carteiras. Não vai se render. Sente o rosto afogueado. Exalta-se e começa a defender o progresso, a ordem e não essa balbúrdia em que vocês vivem. Nessa hora, já está com o braço levantado, o dedo passeando na frente dos alunos. Então se dá conta: uma garota qualquer, uma boboca da qual ele não consegue ao menos se recordar o nome, essa garota tem um celular apontado na sua direção.

O professor de História já sabe os degraus a descer. A escola pública; sua mulher sem cabelos, ela que era tão vaidosa; a mudança do Iracema para um edifício menor, desses de três andares, sem elevador e garagem. Ah, deveria ter entrado para a maçônica quando teve oportunidade. Um irmão o ajudaria, com certeza.

23

Na área contígua ao assentamento onde Solange mora, em Itaquá, há um conjunto de casas recém-construídas, casas do programa habitacional do governo. Na janela de uma daquelas casas, o Zé Eulálio começou a distribuir remédios que costumam sobrar no posto de saúde onde ele trabalha. O Zé Eulálio entrega o remédio, mediante receita; nesse aspecto, ele é rigoroso. No mesmo saco plástico com os medicamentos, segue um papel com o horário do culto.

Nos primeiros cultos, Zé Eulálio contava apenas com a presença da mulher e das duas filhas. Mas em gratidão às suas doações, começaram a aparecer outras pessoas, a maioria ali do conjunto habitacional, quase todas mulheres.

Zé Eulálio é bastante aplicado: passou quase seis meses deitado sobre a cama, lendo as apostilas da Igreja do Brasil do Futuro. Uma prova para cada apostila. As apostilas lhe custaram muito dinheiro, mas a mulher ajudava a pagá-las. Pois acreditava no marido. Toda boa mulher, em algum momento da vida, precisa ajudar o homem a garantir prosperidade à sua família. E Zé Eulálio tinha uma missão, e ela, a esposa, assim como ele, estava convencida disso.

O pastor Deodécio lhe presenteou com uma roupa social usada, mas ainda em bom estado. Ensinou-lhe a posição

Estudo sobre o fim 123

do corpo, a impostação da voz, mas recomendou-lhe improvisar um pouco. Mostrou-lhe, na pequena tela do celular, as melhores performances. Contou-lhe sobre Roma e a Grécia antiga, sobre os oradores. Zé Eulálio gostou do assunto, mas depois se desinteressou um pouco. Em seguida, o pastor Deodécio comentou, em voz baixa, sobre os praticantes de candomblé, que Deus os relevasse nesse momento, mas era em nome do bom Pai que ele fazia isso: repare, repare numa pessoa tomada pelo Diabo, pois muito bem, é isso o que a nossa igreja faz, tira o satanás das pessoas. Nesse momento, Zé Eulálio teve certeza do que ambicionava, além de garantir prosperidade à sua família, desejava ser um exorcista. Era um vocacionado. Não teve mais dúvidas, era ele, e não Deodécio, a criatura convocada por Deus.

Entretanto, Zé Eulálio continuou tratando Deodécio ao natural, guardando para si a chave de sua iluminação. Deodécio recomendou-lhe que ensaiasse muito e não deixasse nunca de assistir aos cultos, na sede principal. A sede principal era a garagem da casa de Deodécio, dois quilômetros adiante dali, onde havia outro assentamento.

Logo após ser aprovado nos exames, Zé Eulálio começou a treinar diante de um espelho manchado, presente que sua mulher ganhou de uma de suas patroas. Zé Eulálio abria os braços feito um cristo redentor; concentrava-se e começava a tremer, não de medo, mas de excitação. No começo, as únicas palavras que lhe vieram à boca foram as mesmas de Deodécio, na sede principal. Não gostou disso. Era um tipo de vergonha misturada com raiva, ou sabe-se lá o quê.

Decidiu procurar outros cultos, igrejas, pastores. Não trairia Deodécio, de jeito algum. Mas precisava se inspirar.

Foi a três lugares diferentes; percebeu, conforme lhe foi possível, as propostas, os assuntos da pregação, como um pastor puxava por aqui, outro, por ali. A empreitada não era fácil: gastava-se sola de sapato e o cartão de transporte da esposa. Foi quando teve uma ideia mais barata e satisfatória. Zé Eulálio começou a assistir aos programas policiais na tevê, programas que ele sempre assistia, às vezes sem dar muita atenção, apenas porque a televisão estava ligada e uma das filhas chupava um pirulito enquanto olhava aquelas cenas. Ele passou a sentar-se ali, no sofá ao lado da filha, anotando tudo o que ouvia no verso das apostilas. Recolheu expressões: "se fosse na sua família", "direitos humanos para humanos direitos" e "cpf cancelado". Essa última ele apagou, pois carecia de emoção. Uma parte dos problemas da humanidade, Zé Eulálio sabia o que é: são os bandidos. Nessa hora, ele cafungou de nervoso. Ódio, vingança, indignação. Uma explosão violenta que acelerou seu coração e chegou até a boca. Era isso.

Bandido. Começaria por aí.

Estudo sobre o fim 125

24

Zé Eulálio entrou na sala com a cabeça baixa, como sempre. Costumava fazer uma entrada dramática. Primeiro, o silêncio, para constranger as pessoas que conversavam e aguçar a curiosidade daquelas que estavam de pé na porta ou na janela. Depois, o corpo fixo no meio do aposento, braços de cristo redentor. Por fim, a voz profunda, fazendo da boca alto-falante, a lançar uma pergunta incrédula, atrevida, e até mesmo sem resposta ao Senhor Todo Poderoso.

Àquela altura, os cultos de Zé Eulálio atraíam cerca de uma dezena de pessoas. A maior parte, mulheres, mães. Alguns homens, bem poucos, começavam a aparecer, tímidos, como se fossem a um espetáculo, um espetáculo a princípio gratuito. Show de música – havia música (no início o som vinha do celular da esposa, disposto sobre uma pequena mesa oval; depois aquilo evoluiu: Zé Eulálio passou a murmurar algumas palavras tentando encaixá-las no som instrumental vindo do celular). Encontro social – havia uma paquera não declarada (as mulheres que ali procuravam o Senhor, quase sempre não eram casadas). Benção – havia promessas (prosperidade, renovação e perdão)

Mas aquele dia marcaria uma virada na história de Zé Eulálio.

Estudo sobre o fim 127

A leitura da Bíblia ocorreu de forma aborrecida como sempre, apesar das edições que o pastor fez no texto e de sua voz comovente. O testemunho de uma das participantes, embora autêntico, foi demasiado singelo: desde que ela começou a frequentar a Igreja, aquela Igreja, sentia paz no coração, e o bolo fatiado que vendia na estação parecia mais gostoso. A nora, que morava com ela numa das casas do conjunto habitacional, não a provocava mais. Na internet, aprendeu a palavra "gratiluz"; e a Igreja do Brasil do Futuro, agora ela poderia dizer com todas as letras, era "gratiluz". Todos ouviram sorridentes, mas ninguém chorou.

Nessa hora, Zé Eulálio viu se aproximar da janela um jovem de aspecto incomum. Era pobre como quase todos ali. Desajeitado, como a maioria da sua idade. Mas em seu rosto, havia algo diferente. Havia um medo nada típico para alguém tão jovem. Um medo que pedia, pedia por algo. Um medo que soava como um guizo atrelado ao pescoço.

Zé Eulálio abriu os braços e convidou o garoto a entrar. Como o garoto não saiu do lugar, o pastor foi buscá-lo, como se não houvesse nada os separando, nem parede, nem público, nem nada. O pastor voltou com o garoto nos braços. O garoto, súbito, envergonhou-se, mas sentiu-se protegido; mais que isso, fora escolhido. No entanto, permaneceu o tempo todo de cabeça baixa.

Naquele dia, o sermão foi parecido com os anteriores, mas com uma diferença: o pastor discursou com o braço esquerdo sobre os ombros do garoto. A cada palavra sua, sentia o corpo do jovem estremecer.

Em determinado momento, desorientado, o rapazinho começou a chorar e logo todos choravam. Menos Zé Eulálio, que se mostrou firme, capaz de pastorear uma ovelha cega até o topo da montanha.

Ao final, o pastor não fez um pedido, tampouco uma ameaça aos seus convivas. O pastor lançou um desafio ao menino: diga-me, do que você tem medo?

– De morrer feito o Costela.

– Quem era o Costela?

– Um amigo.

– E o que ele fez? Geralmente, quem morre fez algo errado.

– Ele roubou.

Zé Eulálio encarou a plateia quase raivoso. Sacodiu a cabeça para demonstrar sua convicção.

– Você, garoto, veio até a casa do Senhor, e eu fui buscá--lo lá fora, porque senti que precisava do meu apoio, o apoio do Senhor. O Senhor é misericordioso com quem tem fé. Você tem fé?

O garoto chorava, ainda com medo, talvez agora ainda mais.

– Você tem uma moeda no bolso? – o pastor insistiu, como se complementasse a frase anterior.

Pela manhã, o irmão do Conexão deu uma moeda ao garoto, parte do que a Alemoa tinha dado à sua família.

Com o pastor a sacodir seus ombros, Sócrates, o garoto, sentiu um medo descomunal. Entregou a moeda ao pastor e sem se dar conta, fez a primeira doação à Igreja do Brasil do Futuro, sede II.

Ao ver aquilo, outras pessoas animaram-se e entregaram o que tinham ao pastor. Algumas tomaram o cuidado de não dar algo de muito valor, mesmo assim doaram, para não se

Estudo sobre o fim 129

mostrar mesquinhas. Ou como se lançassem números num cartão de loteria. Havia espíritos mais melancólicos que doaram pensando que seria sua única chance.

Em seguida, Zé Eulálio cometeu um lapso: esqueceu de dar aleluias, e empolgado concluiu o sermão: "O bandido é o criminoso da pior espécie." Observou o efeito da última frase na plateia. Achou que a frase fosse dele, de sua autoria, e percebeu seu grau elevado com relação aos demais ali presentes.

Ainda naquela noite, após o culto, Zé Eulálio fechou a casa com uma sensação de paz genuína, embora estivesse mais agitado que o normal. Jantou com mais gosto, fez planos. Listou os programas policiais existentes no rádio, na tevê e na internet: precisaria cada vez mais se informar e se reiterar se quisesse mesmo expandir o número de fiéis.

25

Solange começou a ter um caso com a professora. É sua primeira experiência com mulher. Está gostando. Para dizer a verdade, está gostando muito.

Já faz uma semana que esteve pela primeira vez no edifício onde a professora mora. Prédio de doze andares, na Vila Mariana. Quando entrou ali pela primeira vez, lembrou-se do desejo do Magaiver de morar naquele bairro. Não conseguiu conter o riso. Nem deveria, pensou.

Hoje, volta àquele apartamento já sabendo tudo o que vai lhe acontecer, embora da outra vez o soubesse também. Mas sabia de outro modo, desconfiando, com medo e gosto de novidade. Agora é diferente. Agora prefere nem pensar.

Ao entrar, observa o portão verde de ferro rente à calçada, um pouco antiquado se comparado com os muros de vidro dos edifícios vizinhos. É um prédio antigo, se bobear mais velho que ela. A fachada coberta de pastilhas brancas bem cuidadas. Foi um serviço de restauro, a professora comenta, orgulhosa por ter ressuscitado o prédio durante seu mandato como síndica. A professora quer impressionar a aluna.

Enquanto ouve a professora contar sobre os progressos de sua gestão, as melhorias do prédio, Solange repara no

Estudo sobre o fim 131

porta-retratos virado para baixo na estante de livros. A estante ocupa duas paredes de um cômodo maior que as casas que conheceu. E ela sabe que aquele é um prédio de classe média. Mas não tem muito tempo para pensar em luta de classes, muito menos tenta adivinhar a imagem oculta da fotografia, pois fica estranhamente perturbada toda vez que a professora se aproxima de seu corpo. É o caso agora. Esforça-se em disfarçar, mas seu corpo não lhe responde. Tem orgulho e quase como todo orgulho, esse é bobo e ineficaz. Prende a respiração.

Dorme ali com a professora. Como se se despedisse de seu passado. Afinal, há uma urgência inominável, como se tivesse nascido tarde para o mundo, como se tivesse meio milênio para recuperar, ela, sua mãe, seus parentes todos, aquelas pessoas flutuantes do assentamento.

Pela manhã, quer ir embora. A professora lhe serve café na cozinha ensolarada. Olha para a professora e conclui que se trata de uma mulher interessante. Interessante em muitos aspectos. Súbito, lembra-se do Pontes e deseja perguntar se aquela história é verdadeira ou lorota da professora, algo inventado só pra puxar papo com ela, a aluna. Em vez disso, consulta as horas no celular.

Realmente, precisa ir embora. Sol tem um presente pela frente.

A professora é bem mais velha que ela. É branca e ela mesma jurou nunca namorar alguém com essa cor de pele. Síndica, sapatão, professora e viúva, além de um passado cheio de mistérios que Solange prefere não saber. A vida dá rasteira na gente. O Magaiver então, morreria se soubesse. Arre, não quer mais pensar no Magaiver.

Trocam um beijo e ela não entende bem o significado de tudo aquilo. Faz todo o percurso sozinha: elevador, hall, jardim e portão. Somente agora se dá conta de que o prédio não tem porteiro nem zelador. É ela mesma quem aciona a saída por meio de um botão na parede interna do hall. Maior desacerto isso aqui, pensa consigo. Quando chegou, na tarde anterior, não atinou, mas a voz no interfone era de alguém distante, a quilômetros dali: uma voz muito jovem, quase familiar. Às vezes, a vida lhe parece um bizarro passatempo de ligar os pontos; pena que a agitação do trampo não lhe permita mergulhar nesses pensamentos. Agora, porém, já tem mensagem pipocando no celular:

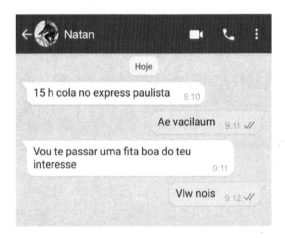

Sol ajeita a mochila térmica nas costas e monta na bike motorizada. Repara: o dia amanhece mais tranquilo e solitário na Vila Mariana. Gostaria de morar ali? Abre o aplicativo e pedala. Venta, mas ela vai suave.

Estudo sobre o fim 133

[Palavras à toa: Bandido. Segundo os principais dicionários, a palavra vem de bandito, no italiano, proscrito. Se prosseguirmos até atingir a raiz etimológica latina, chegaremos a sujeito banido. Banido de seu meio, exilado. Entende-se que a palavra bandido evoca uma rede de significados.

Segundo o artigo primeiro do código penal brasileiro, não há crime sem lei anterior que o defina. Não há pena sem prévia combinação legal.]

Estudo sobre o fim 135

Esta obra foi composta em Arno Pro
e impressa em papel pólen 90 g/m² para a
Editora Reformatório, em fevereiro de 2022.